Providence

DU MÊME AUTEUR

chez le même éditeur

L'art *poétic'*, 1988

Roméo & Juliette I, 1989 (épuisé)

Futur, ancien, fugitif, 1993

Le Colonel des Zouaves, 1997

Retour définitif et durable de l'être aimé, 2002

14.01.02, CD, 2002

Fairy queen, 2002

Un nid pour quoi faire, 2007

Un mage en été, 2010

Olivier Cadiot

Providence

P.O.L
33, rue Saint-André-des-Arts, Paris 6e

ISBN : 978-2-8180-2014-2
www.pol-editeur.com

Quel lac aimons-nous

Ça fait un bon moment que je voulais t'écrire. J'ai attendu patiemment pour que cette démarche ne ressemble pas à un reproche. Pas question de me retrouver à crier dans le désert tout seul. Je ne suis plus un paquet en souffrance, j'ai pris tout mon temps, *il y a prescription.* Quelqu'un qui te déteste, et c'est réciproque, t'a un jour serré la main en utilisant cette expression. Ça commence à faire loin notre histoire. Tu as peut-être déjà oublié, et du coup, comme quelqu'un qui recommence à boire ou à fumer de l'opium sans culpabilité sous prétexte qu'il a arrêté, tu vas peut-être me trouver sympathique. C'est la même impression que de découvrir un corps très connu sous un autre angle.

Je vais te rafraîchir la mémoire. Tu m'as abandonné, disons plutôt congédié, je ne te servais plus à rien. Viré, comme un domestique. Mais tu n'étais le maître qu'en ma présence. Sans moi tu es un homme ordinaire, dominé par des passions ordinaires. Sans moi tu es seul, et un homme seul ne vaut rien du tout.

J'étais ta doublure, ton alter ego, et tu m'as laissé tomber. *Pourquoi, pourquoi m'as-tu abandonné ?* Ne crois pas que je vais me ridiculiser en hurlant une chose pareille. Tu as passé ton temps à me rêver exilé dans une île comme les naufragés des livres d'enfants. Mais tu n'as aucune idée de la souffrance réelle que peut endurer quelqu'un placé en isolement, un bandeau sur les yeux ; quelqu'un de radicalement seul. Enfermé dans la nature.

À force de crier au loup, le naufrage a fini par arriver ; mais dans ton cerveau. Et je suis passé par-dessus bord. C'est ton oubli qui m'a exilé. C'est toi qui m'as balancé dans l'eau froide sans même t'en rendre compte. Je flotte au loin dans ta mémoire. Et si tes neurones forment des archipels, je suis logé dans un repli rocheux de l'un d'eux. Tu ne me retrouveras pas.

Tu as oublié jusqu'à mon nom. D'ailleurs tu l'as toujours détesté. Il te déplaît parce que tu me crois interchangeable, parce que tu me prends pour une fantasmagorie, une coquille vide. C'est pire, tu me voudrais sans nom. Un nom qu'on donne à une manie. Le nom que se donne chaque enfant quand il projette d'habiter dans les arbres. J'étais ton extension, la tige en métal terminée par une pince qu'on utilise pour ramasser les bouts de papier dans les parcs. Je venais de toi, comme un bras armé. J'étais ton homme de main. Mais tu n'imaginais pas que je finirais par avoir un corps à moi.

Tu m'as fait vivre une série d'aventures extraordinaires, pensant que je serais aussi changeant et docile que les mannequins de carton qu'on habille de vêtements découpés. Mais je suis malin, j'ai gardé des petits morceaux de chaque épisode, des tics de chaque rôle. J'ai réussi à coudre ensemble des traits de caractère. Je suis le chirurgien et le cobaye. Bien conservé dans la vraie vie des livres. Je me développe pendant que tu diminues. Tu ressembles à un plat pourri oublié sur une table. Il n'y a plus de texte pour toi. C'est fini, juste du tissu — en décomposition. Rideau.

Tu croyais que tu ne manquerais de rien en me laissant tomber. Tu t'es retrouvé nu comme un roi sans fou. Regarde-toi, tu parles tout seul. Tu tournes en rond. Tu vis dans la terreur. Je suis le roi Machin : *Appelez-moi un chirurgien, mon cerveau est fendu.*

Sans moi tu te morfonds comme une poule devant un mur, avec en boucle une seule question en tête : *qu'est-ce qui s'est passé ?* Une question restant sans réponse finit par se graver dans le marbre. On dirait une devise majestueuse accrochée en lettres d'or sur la façade d'un palais. Répète un mot trop longtemps, tu verras, c'est une chose.

Monsieur a voulu jouer à l'adulte. On a voulu arrêter les cabrioles dans les meules de foin. Et maintenant tout t'arrive *en vrai*. Voilà le résultat. Les comparaisons ne font plus diversion, les métaphores ne transportent plus rien. Tu es dans de beaux draps. Tu n'as plus aucune imagination pour établir les rapprochements qui te donnaient de l'air. Tu resteras à terre sans prendre aucune vague. C'est de ta faute.

Moi, je suis une machine à comparaisons. À chaque nouvelle image, mon cœur bat plus fort. Je suis gai comme un pinson. Toi tu es réduit, aussi sec qu'une vieille éponge abandonnée dans un placard. Les flèches que tu envoies dans le ciel ne rencontrent aucune cible et reviennent systématiquement sur ta tête. Les traits d'esprit, les belles associations, les idées qui s'enchaînent à toute vitesse — c'est terminé. C'était beau à voir pourtant, ça ressemble au geste de l'épervier — le filet plombé qu'on déploie en corolle sur un banc de petits poissons entre les herbes, et crac.

Regarde, tu ne peux rien réexpliquer à personne. Parce que tu ne comprends les choses que séparées. Chaque argument pour soi. Tu es fragmenté en fait. Moi j'ai du volume. Si tu entendais *vraiment* ma voix, ce serait un choc.

Tu m'entends, je sais. Et tu me réponds. À force de te harceler, la paroi cède. On fait bien des *torture tests* sur des réfrigérateurs en claquant la porte un million de fois brutalement. Mais quelle paroi ? Et qui cède ?

Si j'étais ton frère. Allons-y, jouons à ça. Un jour, au retour de l'école, alors que tu voulais me frapper, je t'ai regardé avec des yeux sévères et je t'ai dit gravement : pourquoi cette violence ? Tu en es encore interdit. Tu m'avais demandé à quoi sert la philosophie. À respirer, à savoir pourquoi on respire, j'ai répondu. Mais je ne suis pas ton frère. On dira que je parle d'un nuage. Je suis un X détaché de toi — une mue de serpent. J'étais l'intervalle qui t'empêchait d'être une personne à part entière. Un sujet qui s'appartient est mort.

Regarde-toi, tu as du mal à saisir comment un hologramme a plus de chair que son modèle. Je suis le crâne qu'on voit apparaître sur certains tableaux si on se met à la bonne place. Cette place exacte, c'est moi.

Tu as déjà vu dans un parking des bandes de couleur peintes sur les murs, le bord d'une rambarde, l'angle d'une glissière, quelques mètres interrompus sur le sol ? Elles vont dans toutes les directions ; on ne sait pas ce qu'elles dessinent ; mais à un point précis de l'espace, les lignes se rejoignent par miracle.

Je suis trop seul, c'est ça ? Hein ? C'est ça que tu as dit ? Mais je t'ai entendu. Avec tes petits cris de souris. C'est normal que tu craques. C'est normal que tout s'écroule ici, mon vieux. Les plafonds s'effondrent littéralement sous ton poids à un endroit où personne n'avait posé le pied depuis des lustres. Les tuiles bougent, eh oui, elles ne possèdent pas le système ingénieux d'accrochage inventé dans les années 60. Une poutre de chêne va craquer à son point de faiblesse. Les murs transpirent. Les planchers explosent. Tu passes ton temps à réparer d'innombrables objets au lieu de me rêver. Comment veux-tu faire quoi que ce soit de correct dans un lieu pareil ? Abandonne ce fatras.

Je ne te ferai pas l'hommage de lister ici tes innombrables soucis. Je souligne juste leurs redoutables caractéristiques : ils se valent tous. Et une fuite d'eau te semblera aussi grave que la disparition de quelqu'un. C'est problématique.

Tu es perdu. Mais c'est la moindre des choses. Les gens ont toujours été perdus. Autrefois, pour trouver son chemin, on ouvrait des almanachs : anecdotes ; gravures sombres de falaises de graphite noir escaladées par un groupe en perdition ; conseils techniques ; encadrés avec des chiffres et des graphiques. On y découvrait la maison idéale construite dans un arbre énorme où s'installe une famille de naufragés. Les choses n'ont pas changé. Tu trouveras à l'intérieur du réseau la formulation des inquiétudes de chacun : comment nourrir un enfant sauvage ? Que faire ? J'ai appuyé sur la mauvaise touche et je ne peux pas revenir en arrière. On trouve la recette du cake au rhum, la quantité d'engrais que tu dois répandre dans un champ de 13 ha de sorgho et à quel moment, en fonction des usages, de la météo ou des mouvements de la Lune. Tu auras sous les yeux les dessins d'une charrue automatique pour mini-potager, la bonne date de la saison pour rempoter les cyclamens, le manuel de construction d'un observatoire à poissons, le guide de confection express d'un aspirateur à venin de serpent. Tu es face au monument fabriqué par toutes les questions possibles que les êtres se posent. Et si l'on représentait en accéléré les réponses qui s'ajoutent et se défont, on dirait un building de mots qui grandirait à l'infini vers le ciel.

Tu es aussi perdu que le fermier autodidacte qui ouvre le tome de mars 1914 de *La Vie à la campagne* pour voir comment on construit une auge à recyclage pour fumier et qui ne comprend rien. Mais ce que tu ignores, c'est qu'il savait aussi qu'il ne comprenait rien. Et il le supportait mieux que toi. Il lisait ces livres patiemment, à la lueur de la lampe à pétrole, pour partager un moment de communion avec cet auteur méritant.

Il le lisait pour rêver à l'exploitation moderne qu'il n'aurait jamais. Il s'attendrissait devant la ténacité de ce constructeur modèle. Il dépliait et repliait sagement les planches gravées. Il dévorait avec émotion l'envolée majestueuse sur la naissance de l'humanité qui préface le plan d'élévation d'un silo à grain. Ne t'imagine pas que les gens savaient mieux ce qu'ils faisaient autrefois. À part un vieux professeur de droit à la retraite, champion d'échecs tyrannique perdu dans un village perdu, tu n'as jamais rencontré quelqu'un qui croyait en quelque chose. Tu as des idées, mais elles sont trop courtes. Une idée longue, ça te dirait ?

Reprenons. Un jour tu m'as abandonné. Je ne servais plus à rien. Tu m'as fait tout subir, et tu voudrais me congédier d'un claquement de doigts ! Tu crois qu'on peut flanquer dehors les lapins des laboratoires après une batterie de tests ? Tu t'es servi de moi pour fuir ton milieu, ton origine, ta famille, tes paysages, tes habitudes, tes relations. J'ai dû tout avaler à ta place. J'étais un concentré de tes drames. Un totem. Tu as accumulé sur moi tes excès, ton délire, tes visions, imaginant que tu allais en être débarrassé. Et tu voudrais me virer ?

Je ne vais pas lister ici tout ce que tu m'as fait subir. Je ne vais pas te faire le plaisir de citer les hauts faits de Monsieur. Certaines personnes ont la maladie de vous parler toujours de la fête de la veille. Ils raconteront demain à d'autres les choses extraordinaires qu'ils auront vécues avec toi. Alors pas d'histoires, c'est trop décalé. Je pourrais facilement remplir un registre avec l'ensemble de tes actions placées sur des abscisses et des ordonnées, avec courbes, pourcentages, classements, simulations d'avenir, etc. Il y en a un par type de choses et d'événements. Mais je ne suis pas ton secrétaire.

Tu n'as jamais parlé en ton nom. Et c'est maintenant que tu commencerais ? Tu me déguisais. Le valet de Casanova qui va au front à sa place. Merci de fabriquer mes mémoires ! Tu te souviens de ce type étrange qui t'avait attiré dans un château éclairé à la bougie et qui, dans une chambre, a jeté sur le lit à baldaquin un habit tressé d'or de son ancêtre Premier valet de la chambre du roi. En te faisant comprendre qu'il serait amusant que tu l'essayes. Je pourrais te ressortir un à un tes cauchemars. Mais on n'a pas le temps.

Comme si tu pouvais vivre tout seul. Je répète. Quelle prétention. Mon pauvre petit. Tu te prends pour un héros ? Un ermite ? Tu veux ma place ? Alors que tu étais tranquille. Un artisan absorbé dans l'exécution de tâches pas si importantes que ça, pas si futiles que ça non plus, juste absorbantes.

J'étais tellement *toi* que j'ai fini par te dégoûter. Moins tu trouveras de raisons de m'aimer, plus tu éprouveras de compassion pour cet être dépourvu de capacités à se faire aimer, et tu l'aimeras. Tu m'aimeras parce que tu t'apitoieras sur ta douleur de ne pas m'aimer.

Donc je ne te quitte plus. Je suis toujours là. Mais en *négatif*.

Ne compte pas sur moi pour reprendre du service. Tu te souviens de Brummell, le dandy qui demandait à son butler — on le harcelait pour un conseil touristique — *Dites-moi, Robinson, quel lac aimons-nous ?* Je ne marche plus avec ça. Le Nous de majesté. On n'est plus au XIXe.

J'étais ton projet en chair et en os. J'incarnais tes idées et surtout tes plus mauvaises idées. Grâce à moi tu n'as pas détourné l'eau d'une rivière pour établir une pisciculture saine et riante. Tu n'as pas transporté sur ton dos d'énormes pierres pour les aligner dans le désert. Tu es resté à la maison. Indolore la vie ?

Tu te demandes sans cesse *Comment puis-je dire des choses qui n'ont jamais été dites auparavant ?* — regarde à quel point je fais bien ta voix. Cette obsession de la nouveauté. Mais dire des choses nouvelles, ça se fait sans le savoir, ça ne se proclame pas. Et j'étais là pour ça. Tu te transformais à ton insu. J'étais ta pensée pendant que tu agissais et ton action pendant que tu pensais. Un bon contrepoids. On comprend mieux ce que veut dire déséquilibré. On était un vrai couple, comme on dit en mécanique, un bras qui tire, un bras qui pousse. Quand c'est pas l'un, c'est l'autre.

Avec cette histoire tu as perdu ta tranquillité. Tu as échangé ton inconscience contre ton inconscient. Tu me l'avais confié et maintenant regarde, il est là avec toi en permanence. Il ne faut pas être grand clerc pour réaliser que s'il se manifeste, il n'est plus inconscient du tout. Gueulard, collant, intrusif, tyrannique, il est devenu horriblement conscient. Tu aurais dû me le laisser. Moi je le nourrissais, je l'élevais dans mon petit coin. Je le domestiquais ; une vraie bête de somme, un homme de peine, le Vendredi du Vendredi ; tu pouvais dormir tranquille. Une vraie petite entreprise à flux tendu. Maintenant il te colonise — il t'occupe, c'est entièrement *toi.* Plus de zone libre. Tu l'as assassiné en te laissant dévorer par lui. Maintenant, à toi tout seul, tu fais le père, le fils et le Saint-Esprit. Mais tu te prends pour qui ?

Parenthèse, c'est compliqué les Ils, les Je, les Nous, les Tu. Qui est le père et qui est le fils. L'esprit de qui est dans quoi. Les dieux qui sont plusieurs en un seul. Les transferts invisibles d'une partie de quelque chose dans une autre. Ça fabrique un monde de questions qui se développent et se multiplient dans ton dos. N'essaye pas de comprendre, tu ne t'y retrouveras pas. Et on perd vite la tête.

Laissons tomber, je suis aussi ignorant en psychanalyse que toi. Et puis dans ton cas, il vaut mieux éviter les associations libres ; la fuite de la pensée, c'est ça ton problème. Si tu y tiens, vas-y, mais trouve-toi quelqu'un qui parle sans cesse et toi tu te la boucles. Ça t'apprendrait.

Ce qui est bien avec l'inconscient, c'est quand il le reste ; ou qu'il se manifeste discrètement — quand il revient au petit matin, entre deux rêves, pour signaler qu'il y a quelque chose qui se dit que tu ne sais pas ; un détail ; une faute de frappe ; un message en code. *On meurt aussi au paradis.* Ce n'est pas grave de ne pas comprendre le message. C'est un code d'accès. Il se débrouillait bien, ce récit ; ce corps isolé roulé en boule qui se mange lui-même et envoie des cellules de réserve pour te reconstruire à la surface. Il te programmait. Tu ne risquais rien. Comme un arbre fabrique ses contreforts pour compenser ses branches affaiblies. Tu ne gardais de la nuit que deux trois images confuses extraites d'un conte dont tu ne connaissais pas l'argument. J'étais le destinataire. Tu t'appuyais sur moi comme sur un membre fantôme. Je te faisais une couverture d'ouate, une cloison de feutre avec les choses du dedans et du dehors. Tu vivais sans le savoir. De toutes petites actions, de toutes petites pensées te suffisaient pour avancer de jour en jour. Il ne t'arrivait rien. Je m'occupais de cet autre monde agité qui était en toi, mais que tu ne voyais pas. Chaque matin il te faut des heures maintenant pour dissiper les fantômes. Tout est transparent, tout se superpose, tout fait réseau, tu es horriblement contemporain de toi. Tu n'en sortiras pas vivant. Tu n'as plus de sujet. Comprends ça littéralement et dans tous les sens. Si j'étais optimiste, je te dirais que c'est le début de la sagesse. Tu ne domines plus rien, ni ton sujet ni tes sujets. Je ne suis plus ton sujet. Je ne suis plus un sujet. Je suis pessimiste, c'est le début de la terreur. Tu n'es plus divisé avec des frontières incompréhensibles. Tu n'es plus un monde qui s'ignore, mais un petit pays surexcité surveillé par des gardiens à jumelles. Sans moi, tu ne peux parler que de toi et sur *toi*. Ça n'a aucun intérêt. À ton tour d'être dans une île déserte. Sans bords. On t'a largué en plein cosmos dans le noir absolu en expansion infinie. Et pendant que tu parles, ça augmente. Il ne te reste plus qu'à replanter les tiges qui s'écartent en permanence de ton tronc et à les faire inlassablement revenir au centre. Ça fait un buisson, un fagot. Ça ne ressemble plus à un tronc lisse et élancé. C'est un roncier organique en mouvement. Regarde un bout de toi au microscope, tu verras. Englouti dans ta propre personne. Dévoré par tes soucis. Tu ressembles à ta mère qui chaque matin pensait qu'un arbre allait tomber sur la maison. Il y avait beaucoup d'arbres.

Tu ne pensais à rien, c'est pour cela que tu avançais. Et à un moment tu as craqué, tu n'as pas su trouver la réponse adéquate. Tu as oublié d'oublier. Il suffit d'une seule fois. On plie les genoux une seule fois, c'est fini. Tu ne pourras pas revenir en arrière.

Je répète : ne me dis pas que c'est à cause de tes deuils. C'est trop facile ; c'est l'expression à *cause de* qui ne marche pas ici. C'est comme si tu disais : c'est à cause de ce gros paquet posé là que X.

On dit toujours que pour écrire quelque chose d'acceptable, il faut mettre sa peau sur la table. Mais laquelle ?

Moi, je vais mettre la tienne. Je te la cloue aux quatre coins. Et je vais y dessiner ma carte. Tu vas te remanger ta vie froide au petit déjeuner.

J'ai fait quelques progrès pendant mon absence. Tu m'as donné des armes malgré toi. Ce savoir épars qui m'arrivait par vagues n'était pas plus cohérent que des outils abandonnés sur une plage après un naufrage. Tournevis sans vis, radio sans antenne, fragments d'objets techniques. Comme ceux qu'on trouve au fin fond de l'atelier d'un retraité, ou dans le placard d'une vieille dame : bouts de rubans, papiers cadeaux pliés, boîtes d'allumettes remplies de boutons de col de chemise, étiquette avec prénom et nom à coudre sur le vêtement d'un arrière-grand-père enfant. Je me suis débrouillé avec ça.

Finalement, à force de te parler, je suis bien. Une tique au chaud dans ton sang. Je suis tranquille dans la baleine. Je suis malin. Je m'infiltre, je choisis un corps en bonne santé, mais à la volonté faible, une vache, un chimiste triste, un cochon de lait. Et je m'infiltre. Hé, hé, hé. Ne compte pas sur moi pour être cohérent. Pas de raisonnement.

Sans moi tu n'as plus de peau. Tous les soucis, des plus graves aux plus minuscules, te foncent dessus comme une escadrille de kamikazes. Quoi que tu fasses, ils ne lâcheront pas l'affaire, ces soucis surentraînés. Jusqu'au-boutistes ces pensées intempestives. Pas de paravent. Pas de DCA. Bombe à fragmentation : chaque éclat s'enfonce dans la chair en spirale déchirante.

Je te bombarde calmement et dans tous les sens. Des mines antipersonnel partout. La bombe surprise. Mais dedans il n'y a pas les bonbons dans des papiers de soie, les figurines en pain d'épice, les pantins en laine. Des milliards de petites fléchettes d'acier dans l'air sur des kilomètres.

Sur certains tableaux on indique par des traits d'or le trajet de parole entre des êtres et des idées — représentées par des hommes ou des animaux qui flottent dans l'air. Ça pourrait être ce qu'on est en train de faire. Et voilà : se dessine une flèche d'or dans le ciel azur. Ding-dong. C'est qui ? Ah c'est toi. *C'est pour l'Annonciation.* Mais encore ? Pour l'annonciation de l'Annonciation. Ne rêve pas.

Tu aimerais que j'ouvre la porte, que je marque un léger temps d'arrêt sur le seuil — j'ai un gros lys à la main. Je replierais mes ailes d'un coup sec et j'avancerais, comme on marcherait sur les eaux — légèrement sur un carrelage sombre. Feutrine douce, soie et fil d'or, léger vent. Comme ça on voit mieux mes pieds et les plis marbrés de ma toge. Et je susurre à l'oreille des choses pleines de grâce à une personne qui dort profondément. N'attends pas ça de moi. Je suis le contraire d'un ange.

J'ai tué tes rêves. Je répète : grâce à moi tu n'as pas détourné l'eau d'une rivière, tu n'as pas transporté des pierres dans le désert. Mais maintenant que je ne suis plus là pour le faire à ta place, tu ne pourras même plus l'imaginer.

C'est quoi un personnage. Qui en a besoin ? Pour quoi faire ? Pour résoudre des contradictions. Mais tout le monde fait ça tous les jours. Un corps qui marche, c'est juste ça : une énorme machine collaborative avec des milliards d'opérations qui se débordent les unes les autres.

J'ai mis au point un système simple. Dire les choses successivement comme on transporterait des pierres. On renverse la brouette là où il y a de la place. Il n'y a pas d'introduction ni de chute. Pas de centre. C'est la seule manière de te coincer.

Mais pas de drame, pas d'assiettes à casser. Pitié, pas de scène ! Pas de démêlés avec quelqu'un qui veut quelque chose que l'autre n'a pas — mais qu'il ne veut pas lui donner quand même. On finira d'ailleurs par la lui prendre, cette chose qu'il n'a jamais eue ; et il regrettera de l'avoir perdue. On ne sait plus qui voulait et qui ne voulait pas.

Ah, si j'étais ton entraîneur. Tu verrais ça. On avancerait. Tu aimerais bien nager une deuxième fois dans l'indifférence avec moi. L'inconscient bien au chaud tout au fond. Te laisser dériver dans un océan de petites actions sans queue ni tête. C'est trop tard, tu as trifouillé les voix. Tu t'es entendu toi-même à haute voix. C'est interdit. Tu as touché aux âmes. C'est un crime. Tu vas payer.

Système simple : tout dire et dans n'importe quel sens. On coupe mieux une forêt en commençant par n'importe quel arbre.

Regarde cette série où un inspecteur de police trouve immédiatement la solution en pénétrant l'air de rien sur la scène du crime. Il n'y a pas d'enquête. Pas de mystère, seulement un interrogatoire. Le coupable a l'inspecteur sur le dos en permanence. Une garde à vue dans la vie normale. Il ne sait pas que le détective sait et que nous savons tous qu'il est coupable. Tout est clair, mais il y a une sorte de brouillard entre les deux protagonistes ; un trou sans fin. Le détective propose des solutions fausses et le coupable abonde dans son sens. Et c'est là où il avoue son crime. Il aurait dû se la boucler.

Tu es pareil. Tu dis n'importe quoi. Tu déroules à toute vitesse ton roman familial. On appelle ça roman ? Je te vois faire, c'est pathétique. Tu récites ta leçon avec un air appliqué, les yeux grands ouverts, sans ciller, la voix la plus droite possible pour que ton interlocuteur comprenne bien que c'est vrai.

J'étais un perroquet sur ton épaule, j'étais toi et l'autre, j'étais le bon et le méchant. Et un neutre en plus, parce que j'étais invisible, comme un narrateur qu'on ne voit jamais au fond de la toile d'araignée. Ça fait trois. Un groupe sculpté. Une fontaine avec trois corps enroulés en action. Trois belles statues ensemble qui n'ont plus rien à se dire. Maintenant, tu n'entends plus que toi. Ça crie.

Je t'observe chaque matin. Tu tournes mal. Tu parles tout seul. Tu cries à voix basse. Tu crois que personne ne t'entend. Moi, je t'entends. La fonction Dieu. Hé, hé, hé. Il ne t'était jamais rien arrivé parce que tout arrivait à *moi*. Ça m'arrivait. J'étais aux antipodes de tes rêves sombres, l'exact opposé. Toi tu étais juste entre les deux, un point de passage dans un sablier, le fléau d'une balance. C'était le bon temps. Le monde de la nuit et celui du jour étaient bien séparés. Tu étais seulement au point de bascule entre les deux. Pas grand-chose, un degré, une mesure, une boîte de dérivation, un convertisseur. Le jour où tu m'as effacé, en un clin d'œil tu as rompu l'équilibre, et la nuit s'est emparée de toi. Elle est devenue transparente. Tu es pris dans le verre.

Je te fais remanger ce que tu remâches. Ce n'est pas une jolie opération. Traiter le mal par le mal. Il n'y a que ça qui marche avec des gens comme toi.

Tu vas courir derrière moi pour retrouver tes forces. Ah les promesses ! Il ou elle courra derrière toi aussi vite qu'un chien derrière son maître. Retour assuré et certain de gens disparus en toutes circonstances. Flux de travail maximum. Compréhension accrue de problèmes insolubles. Reprise affection avec tous. Stop douleur.

Monsieur aurait voulu que je repasse ses mouchoirs ? Mais tu t'es pris pour qui ? Tu ressembles à ce type qui disait de ces innombrables nœuds de cravates ratés jetés à terre : *ce sont mes échecs*. On a fait toute une histoire de ses pauvres traits d'esprit. Problèmes de redingotes et de tabatières ; c'est pathétique. Arrête aussi avec les souvenirs, le boulevard Malesherbes dans le noir. La guerre, Brassaï, les zeppelins tracent dans un souffle des éclairs dans la nuit noire, les téléphériques — je te cite. Faut arrêter tout ça. Tout ce bataclan dans ton album d'images.

Tu ne peux pas aligner trois mots vrais parce qu'il te manque le journal d'une vieille dame, tellement mangé par les souris que ses nièces abusives ont dû, bien malgré elles — mon œil —, le jeter à la *déchetterie*.

Mon pauvre petit, on est tout seul ? On a voulu être une vraie personne ? On ne voulait plus faire l'idiot. Ce que tu ne comprends pas, c'est qu'il faut dériver, s'abandonner, sinon on rentre dans le vide absolu. Largué dans l'espace en soi. Sans bords.

On vient d'enregistrer soi-disant le bruit de l'univers, ça fait très peur. Bourdonnement d'oreilles dans ta cellule sensorielle.

Je ne suis pas un bourreau qui veut t'interroger pour extorquer un aveu ou un mensonge. Je te fais avaler ta propre vie. Séquestré dans ta cage de verre par un juge qui te lira *in extenso* son jugement à perpétuité.

Ça finit par se graver sur la peau. Supplice de la parole ininterrompue. On met bien deux musiques contradictoires en même temps dans les deux oreilles du supplicié. On pourrait faire ça aussi avec des mots. *Textboarding*. Double peine.

Quelqu'un posait une question que je trouvais séduisante sans l'avoir bien comprise : et s'il n'y avait plus de livres, que se passerait-il ? Tu aurais tendance à répondre le silence, le vide, etc. — tellement tu es dressé à défendre l'expression à tout prix.

Ce n'est pas la bonne réponse.

Ce serait le règne de la rumeur, un grondement de paroles.

Jamais plus de silence.

Raconter sa vie dans le sens qu'on veut, faire cinquante autobiographies — c'est terminé tout ça. Fallait pas m'abandonner.

Tu commences à avoir peur. Je parle trop fort ? J'ai une drôle de tête. Ça te glace. La nuit des morts-vivants ? Si, avec le cimetière en noir et blanc. C'est ça ? Les films d'horreur, c'est toujours l'été. Plein soleil, mais noir et blanc. L'été pour toujours, l'enfer.

L'enfer, c'est le soliloque. Je te vois, tu parles seul à haute voix. Tu me diras, c'est *une expérience.* Mais non, si tu fais l'expérience en vrai, et qu'elle prend son temps, elle t'engloutira. Et le projet te semblera minuscule. Tu te trouveras enfantin. Alors que c'est le contraire, c'est ton rêve qui était trop adulte.

À force de répéter qu'un mur va s'effondrer d'un ton misérable, ça finit par arriver. Une voiture abandonnée deviendra un tracteur dans un jardin avant de passer poulailler et se remplir de ronces. À force de dire *C'est fermé,* les féeries meurent.

Tu voudrais que tes entreprises soient à la hauteur de la douleur que tu as subie en les exécutant, que ça en vaille la peine. Ça ne marche pas comme ça.

Je vais dessiner un à un tes traits, les corriger, superposer des calques, te coller des moustaches et un gros grain de beauté comme on trace un personnage à plusieurs pour établir un portrait-robot. De la même manière qu'on fait vieillir un enfant disparu sur une affiche qu'on trouvera sur les arbres des parcs.

Je vais te réinitialiser, en te touchant simultanément, comme un acupuncteur relie dans un raccourci saisissant les points du corps. On va t'extirper de là. On va te sortir de ton lit de mort avec de longues pinces capitonnées, des sangles, des poulies, tout un matériel qu'on inventera sur mesure pour toi.

Tu souffres d'être dans le *cru*. Jusqu'au cou ? C'est ça que tu dis ? Trop dans le vrai. Parenthèse, on sait bien que la folie se mesure au désir d'être cru à tout prix. Mais c'est pas le même cru dont tu parles. Pas du verbe croire, mais de l'adjectif de viande.

La vraie vie est dans les livres, alors bye. Prenons congé vraiment. Un conseil quand même : tu te sens condamné à y être, dans ce *vrai*, hein ? Eh bien fais-le, allez, action dans ce vrai. Un décor vrai, c'est-à-dire qui a eu lieu ? Bouge-toi dedans ; fais-nous un vrai roman avec de vrais souvenirs, par exemple. Ce serait un début de quelque chose de concret. Une nuit noire, c'est idéal. On voit très bien, de la rue, grâce aux lumières, les pièces éclairées vers le haut des maisons avec, comme sous verre, des gens que l'on ne connaît pas. Ça serre le cœur.

En épiant caché dans le square sombre, on voit en perspective la chambre avec alcôve vertigineuse. Séance d'habillage ? On les voit bouger par la fenêtre. Foulards par terre. Moment sans paroles autour d'un miroir sur pied. La rue en arcade avec colonnes blanches autour d'une masse d'arbres — et des calèches en bas qui tournent. Avec personnages en noir et chapeaux hauts de forme *huit-reflets*.

Si j'ai un corps, tu as un corps. Même si tu es un peu réduit, limité, maigre, sans forces. On dirait une araignée géante enfermée dans sa chambre. On va te remettre du sang dans les jambes. Faut bouger.

Conseil d'ami quand même. Faut chanter aussi. Mais pour ça, il faut être de bonne humeur — sinon c'est sinistre.

C'est le réchauffement, on va pouvoir aller se balader dans les rues noires. Ça glisse. Bras dessus, bras dessous, on fera de petites chansons de rien du tout à demi-bouche fermée pour accompagner ce qu'on fait. On va doubler les choses et les calquer doucement. Regarde, ce n'est pas si difficile, souviens-toi de

Il y a
des prunes

Dans le frigidaire

Elles sont froides
et délicieuses

Pardon, je les ai mangées

Un poème
c'est pratique

Avec
sois sage oh ma douleur

Regarde comme ça se déroule

Ça s'arrête
et on enjambe

Et ça se déplie ensuite simplement

Regarde la poésie
c'est facile

Ramasser les morceaux
les poser

Aussitôt dit
c'est fait

On inspire

Blancs flottants
réglables

Ça respire

Je vais te guider
pas à pas

Un attelage

Pareil
que pluie et neige descendent du ciel

Le décor suivra en tirant un bout de tissu

De même la parole
qui sort de ma bouche

Ne doit pas me revenir vide.

Comment expliquer la peinture
à un lièvre mort

1.

Il y a toujours un moment où on est le *plus* quelque chose. Le 15 juillet 2034 à 12 h 36, vous avez envoyé une pierre un peu plus loin que d'habitude au milieu d'un lac. Une différence minuscule, invisible à l'œil nu, vous ne le savez peut-être pas, mais vous avez battu un record. Il y a un jour où vous avez fait le meilleur café de votre vie, la dose idéale au micron près. Ça arrive. La meilleure façon de grimper dans un arbre, la température idéale de votre corps, le plus beau feu possible réussi, tout ça est sans doute marqué quelque part, mais où ? Dans un livre entier consacré à vos exploits ? Mais où est-il conservé ? Dans quel espace-temps ? Un document dans l'air ? Ça donnerait presque envie d'être croyant.

On serait tenté de faire ce classement soi-même. Mais ce n'est pas la peine de perdre du temps à établir des tableaux, des listes et des fiches, on s'en occupe. Mesurer une chose qui bouge en permanence, c'est compliqué. Le jour le plus beau, ce tournant en voiture près de chez vous enfin parfaitement négocié, le contact idéal du parquet de bois d'une salle de bains japonaise, c'est marqué. Il existe sans doute un historique comme on en voit sur certains baromètres qui dessinent sur un cylindre de papier un zigzag à l'encre. Une chaîne de montagnes ? On peut observer, par exemple, le jour où on a souffert un peu plus que d'habitude. Si on examine une vie entière, on trouvera le moment X où, à cause de la disparition d'Y, du départ de Z, de conditions de vie terrifiantes, de barbarie totale, ou d'une idée tout simplement, d'une idée terrible, vous avez été vraiment le plus mal, c'est inscrit — ça fait un pic à l'encre noire.

On ne sait pas toujours qu'on est allé un peu plus loin cette fois-là que d'habitude ; le record est tombé sans que l'intéressé le sache. D'ailleurs, il vaut mieux peut-être rester ignorant, on risquerait de transformer n'importe quoi en compétition ; parier sur tout, c'est une maladie. Il est vrai aussi que, même sans le savoir, on s'entraîne, on progresse. Rien que l'alimentation, l'équilibre des graisses, la prestesse des cellules dans votre bras droit — ça doit bouger les calculs.

Pareil pour le poids du projectile, la direction du vent, les globules blancs en bonne entente avec les rouges, l'opiniâtreté du lanceur — et un beau matin, la pierre va trouer l'eau au-delà de cette ligne d'ajoncs réputée infranchissable. Il y a des milliards de causes qui s'entrecroisent ; ce serait désespérant de vouloir démêler ça. Profitons juste de ces moments de victoire — c'est la course générale de tout. Même certaines particules vont plus vite que l'on ne pensait, des neutrinos, quel nom, on dirait des animaux, des moutons blanc neige aux yeux bleus, on vient de l'apprendre — non, ce ne sont pas des neutrinos, mais des muons, me souffle un inconnu physicien — des muons, très bien, mais l'idée est la même ; ils vont un peu plus vite que la lumière, pas de beaucoup : ils franchissent la ligne d'arrivée 20 mètres avant — sur 732 kilomètres de course ; encore un record. C'est bouleversant pour certains.

Je repère donc très facilement dans ce classement le jour où j'ai été le plus heureux possible. J'ai presque envie d'écrire *heureuse* ; on verra plus tard pourquoi. Pas la peine d'attendre le jour de ma mort pour examiner le bilan d'ensemble, ce bonheur précis dépasse de plusieurs têtes tous ses concurrents. C'était un après-midi de printemps assez chaud, ou peut-être un début d'été encore frais. J'étais installé dans un café désert ; salle profonde à l'arrière et grande terrasse abritée par des stores à l'avant. Posté à la frontière des deux, comme un espion qui, par habitude, ne s'arrête jamais de surveiller les gens. Un livre épais rempli de notes en bas de page en tout petit corps, avec des schémas encadrés — quelques feuilles disposées sur la table pouvaient laisser croire que j'étais une sorte d'étudiant entre deux âges qui ne finira jamais sa thèse. La personne la plus inoffensive possible. Mais il n'y avait rien à espionner. Quelques vieilles dames solitaires prenaient le thé aux premiers rangs de la terrasse devant l'avenue vide en plein soleil. Quelques rares voitures glissaient dignement dans l'image comme il est d'usage dans ces quartiers résidentiels d'Allemagne du Nord. Dans cette partie de la ville non bombardée, même alignement de maisons qu'on voit à Londres ou à Bombay ; châtelets de briques peintes en rose ou jaune ou prune avec bow-window transformé généralement en serre d'hiver qu'on n'utilise jamais ; petits jardins devant et grands à l'arrière, chaussée large bordée d'arbres, tilleuls taillés ou ribambelle de hêtres pourpres. Maisons coloniales sans colonies — comme abandonnées le matin même. Pas âme qui vive ; ils sont tous partis travailler, ou ils dorment, ou ils sont là peut-être, mais enfermés en quarantaine. Le quartier est bouclé pour maladie contagieuse ; on n'entend rien. Ces maisons sont devenues trop grandes pour les nouveaux habitants, et, même s'ils vivent relativement en seigneurs — chacun occupant un étage de la vaste résidence en partageant l'immense cuisine du basement, ce sont des princes sans cour. Il n'y a plus la troupe de domestiques en train de rabattre les rosiers, tailler les lauriers, nettoyer le cabriolet sous le grand cèdre de la pelouse centrale ; une bicyclette vert pomme remplaçait la Daimler noire.

C'était certainement le début de l'été si on regarde attentivement l'image qu'on a gardée en mémoire, chaque jardin rentre en compétition florale. Chaque fleur se hausse du col, tout ce qui grimpe, glycine, clématites, jasmins, se hisse par-dessus les haies impeccablement taillées. Certains jardins, moins organisés que d'autres, n'étaient pas savamment désordonnés, comme le réussissent souvent certains émigrés anglais âgés, ils étaient désordonnés tout court — et le laisser-faire n'indiquait pas au voisinage le renouveau d'un courant de l'histoire du jardinage, mais la présence de gauchistes aussi sûrement qu'un panneau *Atomkraft nein danke* accroché aux fenêtres. Certainement un bordel avec des jeunes désaxés dedans. *Ach* ! Ce fils de Frau Müller, quel vaurien *Taugenichts*. Sans commentaire. D'ailleurs, si les vieilles dames n'en pensaient pas moins, elles ne disaient presque rien. Et ne se parlaient que par monosyllabes, hochements de tête ou grognements légers. Quel compositeur génial aurait pu imaginer transcrire ce tapis de bruits minuscules, ce contrepoint de petits souffles qui pouvaient, si on fermait les yeux, faire surgir des cris de la forêt profonde — où de petits chanteurs lointains s'exerçaient dans le noir.

2.

On aurait dit qu'elles avaient réservé pour l'éternité les mêmes places au premier rang de ce spectacle vide. Un défilé de mode — mais de quelle mode ? Ou l'arrivée d'un cercueil porté par six Horses Guards en grande tenue rouge. Elles avaient réussi, par indifférence, à donner l'impression qu'elles n'étaient pas dans un café, mais dans une annexe de leur appartement — qu'elles s'asseyaient sur ses chaises avec autant de dignité que dans le fauteuil d'osier de leur bow-window. Par indifférence ? Rien n'est moins sûr. Par une puissance d'abstraction que seul donne le grand âge peut-être ; quand le regard peut se porter sur une ligne de chaises au point de la détacher du lieu auquel elles appartiennent. Et même si cette fragmentation pouvait bien être le signe avant-coureur d'une maladie terrible, elles profitaient de cette agréable indépendance des choses. Ce mobilier ordinaire du café, devenant pour l'une les fauteuils d'osier vernis d'un coin du jardin d'enfance ; pour l'autre les transats d'un pont de bateau ; pour certaines les tabourets en plastique orange de la cafétéria de l'usine ou la banquette d'une brasserie — où l'on déjeune, au milieu de l'après-midi, côte à côte avec feu son mari ; et pour l'une d'entre elles — personne n'étant au courant de ce drame — le banc métallique d'une prison pour femmes dans une forteresse. Un endroit où l'on s'assoit donc de plein droit. Une reine n'a pas besoin de chercher sa place — elles s'avançaient d'un pas décidé vers leurs trônes. Cette cour au grand complet, bien installée, ne bougeait plus, on pourrait croire qu'un peintre leur demandait la pose. Un chien ou deux, par hasard, s'étendaient au bas d'une table ; un chat orné d'un nœud de taffetas rose s'enroulait sur un pied de chaise ; une vieille dame un peu plus petite que les autres — avec ses cheveux teints relevés en un bicorne involontaire — jouait le rôle de l'infante naine désespérée.

Ce n'était pas des *habituées*, concept réservé dans ce pays et à cette époque exclusivement aux hommes, elles venaient quasi automatiquement, téléguidées, sac en croco skaï à la main, cols de fourrure même en plein été, s'asseoir sans saluer à la cantonade, plaisanter avec le serveur, comme le ferait un vieux beau alcoolique abandonné, à qui la reconnaissance — l'amorce d'une relation presque cordiale — donne un ultime sentiment de distinction avant de disparaître. Il y a des rois partout, même dans les tavernes obscures. Les serveurs en uniforme blanc à galons dorés s'arrêtèrent en même temps. L'ensemble des bruits diminuait. J'étais bien dans l'ombre ; soleil fixe devant, ralenti. Quelqu'un s'endort près d'un campement ? Cris loin, crépitements d'un feu, brandons, étoiles, une joue froide, une joue chaude, histoire d'un vivant, berceau noir. Il y a des moments où on ne sait plus où on est. Les choses ont des titres qui défilent : Chevauchée sur le lac de Constance, Allemagne année zéro, le Manitoba ne répond plus. On ne sait plus ce qu'on dit. Je ne suis pas hors de moi, ni en moi, mais à l'équilibre avec les autres corps qui bougent, les souvenirs qui flottent en parallèle comme des fantômes tendres.

Bribes de mots.

Auto-je-ne-sais-pas-quoi.

Distraction-brouillard.

Des choses se mettent ensemble : chaud-froid, engourdi-vite, roulement voiture-pause. Il y a des moments où on ne se sait plus vraiment ce que l'on pense. On ne perçoit plus des choses que des taches de couleurs vagues. C'est parfait.

Le cerveau ne maintient plus la membrane invisible qui vous sépare du reste du monde devant vous.

Et d'un coup, je me suis senti *très bien.*

Installé confortablement devant ce spectacle vide, en silence — encore assez jeune, j'étais brusquement devenu une vieille dame.

3.

Une vieille dame ? Quelle drôle d'idée. C'est sans doute une bonne chose de le devenir plus tôt que prévu, ça se passe sans douleur ; sans souffrir, sans les obsessions qui devraient me gagner comme mes voisines silencieuses : oh, j'ai oublié de fermer le gaz, Frantz n'a pas écrit, les géraniums vont crever sur le balcon nord, Hitler va revenir du coin de la rue dans deux secondes avec une troupe de SA. Rien, zéro mauvaise pensée. Pas de pensées du tout ; pas de pensées galopantes et de phrases intempestives prononcées à haute voix pour conjurer un retour de fantômes. Il y a des gens qui passent leur vie entière à attendre ce moment de suspension, cet instant de pur présent, et qui patientent les yeux fermés des après-midi entières dans des centres de méditation transcendantale ; moi, je l'ai obtenu d'un coup, sans effort, en une seule fois. Et ma vie s'est organisée autour. Voilà un nouveau sentiment : pas celui nostalgique de savoir que quelque chose ne reviendrait plus, mais la certitude d'avoir atteint d'un coup le maximum de bonheur possible. Jamais aussi bien pour toujours, alors on peut dormir tranquille : c'est fait. Mais pourquoi ? Bonheur de quoi ? Et de qui ? On se demande. On pourrait avancer que cela viendrait d'un bien-être général. Ou d'un bien-être juste pour soi ? On fait le tour de sa petite machine vivante et on n'a mal nulle part. Vérifions dans les détails le calme et la disponibilité des muscles, l'indépendance des organes, leurs excellentes relations et échanges de bons procédés. Pas de bataille à l'intérieur ? Tout va bien ; les bactéries utiles travaillent dans leur coin. Les virus sont à l'équilibre avec vos humeurs positives, le mal et le bien sont à égalité ; deux armées au front sont enterrées face à face. C'est satisfaisant.

En fait c'est la guerre.

Mais suspendue — plus personne ne bouge. Quelqu'un disait : *Je suis de l'air entre les voitures*, je comprenais enfin ce que cela voulait dire.

On peut jouer aux cartes dans la tranchée.

Mais ce n'est pas ça, me souffle un bizarre médecin, pas du tout, ça ne concerne pas seulement votre propre corps, l'équilibre se fait avec tout ce qui se passe autour de vous dehors. Vous n'êtes pas tout seul, mon petit.

Parenthèse — j'aurais envie de lui dire, à ce médecin : c'est dommage de faire des hypothèses que l'on abandonne sans cesse. De parler pour rien. Et de recommencer à chaque fois, c'est épuisant. Les gens sont drôles, ils trouvent que c'est *vivant* de changer d'avis comme de chemise, avec à chaque fois l'aval d'un nouvel expert qui condamne le précédent.

Quelqu'un disait que la musique c'était la *transparence*. On aurait pu dire le contraire, mais bon. La chose est là, elle se déroule, on n'a rien à chercher, elle est préparée pour vous. Des ingénieurs dévoués équilibrent les sons pendant des mois dans d'énormes studios, limant les fréquences, faisant ressortir les basses des violoncelles, creusant le grain des voix. Tout est là. Il n'y a rien à épier. Dans une certaine mesure on n'écoute pas la musique. Elle est entièrement là tout de suite. Ça se discute. On peut retenir cette idée de transparence.

On est là assis dans ce café ; et brusquement, tout vous traverse, vous êtes en cristal.

Vous êtes au bord de ne plus rien ressentir. Au moment pile de basculer dans le rien, on réalise qu'on est en train de s'endormir — donc on s'endort ; ça y est on s'endort. Le bonheur, c'est l'anesthésie ? On risque de ne pas s'en rendre compte. Et on retombe dans le problème des records involontaires. À quoi sert de réussir quelque chose si ce n'est remarqué par personne, et surtout pas par vous. On revient au point de départ de notre affaire. C'est sans fin. Quel tourment. Je comprends vos questions. Pas d'inquiétude ; on a réfléchi à ça. Tout ce qui arrive n'est pas noté dans le livre. La fois où *Vous avez mangé le plus de cerises directement sur un arbre* n'est pas nécessairement indexée dans la liste. On fait une sélection pour vous. Ça mouline, ça brasse ; ça compulse dans votre dos. Ça trie. Une horloge atomique est bien capable d'étiquetter des centaines de milliards d'événements par seconde. On choisira plus tard. La divinité au travail est là ; une petite lampe rouge dans un coin indique que tout est dans tout et que ça *fonctionne* — vous pouvez respirer. Un voyant stable brille dans le noir, dormez paisiblement, vous êtes relié par des câbles invisibles au nuage qui s'occupe de vous. C'est ça le bonheur ?

4.

Si on faisait un sondage, tout le monde trouverait cette situation vraiment ennuyeuse. Un salon de thé dans une partie résidentielle d'une ville de province l'été, multiplié par solitude — égale maximum d'ennui possible. Et puis ce jeune homme aimait déjà le bruit ; il n'avait rien d'un contemplatif. Il faut aussi ajouter que nous sommes ici au début de la *Neue Welle*, pendant les premiers mois des années 1980, nouvelle vague qui tapait dur dans les clubs souterrains — avec enfin de nouveau de vraies batteries de combat, après une période déprimante de boîtes à rythmes, de petits jouets pour enfants, de vocodeurs et d'effets pyrotechniques disco.

Le soir, il se bardait de chaînes et de piercings amovibles. Il s'habituait à écouter des basses profondes, à rouler la nuit à bicyclette en regardant les lignes noires tracées par les roues dans la neige. Qu'entendait-il ? Le grondement paresseux et lointain des voitures ? Le grognement rythmé des vieilles dames en compétition vocale ? C'est ça qui lui plaisait ?

Prenons pour vérifier dans la liste une autre expérience presque aussi heureuse : il est étendu sur un lit dans une chambre noire l'été. Un trou dans le volet envoie un rayon aussi précis qu'un laser. Une flèche de poussières d'or en suspension traverse la pièce. On entend les cris d'enfants au loin : grincements des agrès du petit club installé sur la plage en cirque ambulant ; tambour profond des trampolines ; fracas du bassin d'eau de mer pour apprendre à nager. L'ensemble ressemblait à une partition complexe avec solos brusques d'ultra-soprano enfantin, coups de contrebasse de balançoires, quarts de ton de plaintes de bébé, superpositions de trente-six appels en tous sens.

Étendu dans le noir à écouter une musique involontaire qui grimpe accidentellement, ce serait ça le secret ?

Installez-moi dans une chambre surplombant une cour d'école recouverte d'arbres.

Mettez-moi dans une boîte et faites-moi entendre le bruit des hirondelles qui foncent sur un insecte à un millimètre des façades, ce serait ça le bonheur ?

Absolument.

Je devrais faire des photographies d'insectes en très gros plan.

Je m'égare.

Il y a quelque chose qui ne va pas.

Objection !

Je reviens vers vous.

Il n'y avait presque pas de bruit dans ce café. On pourrait aujourd'hui augmenter le son de n'importe quoi : le crépitement d'une éponge passée sur une table, un tremblement de jambe, le raclement de chaise, on obtiendrait une énorme symphonie ; mais ce jeune homme prenait les choses comme elles étaient et ne braquait pas encore un microscope sur des détails. On n'était pas encore à l'époque où l'on pouvait faire danser les foules avec d'infinies et subtiles variations de rayures et craquements de disque en rythme. N'essayons pas d'être aujourd'hui. On n'avait pas encore à notre disposition les machines qui combleront nos désirs.

Le silence, alors ?

Un esprit bizarre aurait pu associer le mutisme de ces vieilles dames à la lutte invisible de ces jardins solitaires. Un pur désir de vivre végétal ; et trouver ça mélancolique, beau, touchant — cette coïncidence.

Ce n'est pas désagréable d'être un instant suspendu dans une comparaison. Dans ce café, on se serait cru dans un de ces films qui existent certainement — puisque tout le monde a déjà pensé à tout —, où les choses bougent si peu qu'on s'imagine voir une photographie. Il y aura toujours des gens qui passeront leur vie à filmer des champs de blé à perte de vue, immobiles par des jours sans vent ni nuages, pour obtenir ce calme à peine troublé par les minuscules moucherons dansant devant l'objectif.

La mémoire enlève des séquences, brûle des plans, donnant aux scènes un côté entrechoqué et partiel. Mais, rassurez-vous, ça n'empêche pas de voir très bien certains détails : le ciel dans l'angle ou la boucle argent d'une bottine.

5.

Regardez la tête des gens qu'on voit dans les tableaux anciens embarqués vers une île enchantée, ils sourient pour la pose, mais on les sent crispés. Ils ont beau avoir des passerelles pleines de roses qui les mènent aux embarcations enrubannées dans un beau soir doré, on sent qu'ils ne sont pas à la fête. Ça n'a pas d'importance ; on ne demande pas aux moines d'être croyants, on leur demande de copier et de prier. On n'en demande pas plus aux gens qui nourrissent aujourd'hui les fermes d'ordinateurs pour créer une monnaie par la simple accumulation de leur présence via des machines innombrables dédiées à cette tâche. Les énormes disques durs alignés dans la pénombre ruminent et vrombissent doucement. Ce n'est pas la peine d'expliquer la peinture à un lièvre mort, dit-on.

On pourrait quand même objecter qu'il n'y a pas que des figurants idiots dans les scènes de bonheur, il y a aussi deux ou trois héros. On les imagine ravis de filer au paradis. Il semble que non, si on regarde bien, ils ont l'air assez indifférents — peut-être ont-ils intérêt à ne pas manifester leur plaisir, sinon de manière très réduite. Un plissement d'yeux infinitésimal envoyé au physio-videur au moment d'entrer dans la boîte mythique suffit. Ce signe de connivence ne signifie pas qu'on remercie d'être admis — vous l'êtes d'office. C'est un signe fugace d'humanité, de détente. Une seconde de trop, un être élégant risque de devenir un badaud prêt à rester des heures au coin de la rue, à commenter, bouche bée, les évolutions jaunes d'un Caterpillar.

Bienvenue au Paradis — si on a la carte du club. On n'est pas mal installé ; un peu anesthésié peut-être. Attention les héros — c'est un truc de musicien : ne pas rester trop *au fond du temps*. Conseil d'ami : bougez, bougez, tant que vous aurez de la lumière. Ulysse n'a pas le temps de regarder le paysage ; on avance ; il faut rester dans le coup. Une reine s'appuie quelques instants de trop sur le dossier du trône, ses traits se détendent, ses mains ne tiennent plus fermement le sceptre — après une milliseconde de sommeil profond, au moment de le lâcher, elle le rattrape, ouf. Sur l'ardoise magique, les soucis disparaissent, les complots s'éloignent, la carte du royaume ressemble à un coloriage d'enfant.

Observons de plus près le tableau, à l'arrière de l'embarquement vers l'île de la Joie, on voit un berger rêveur, posté sur un petit mamelon de pierre, appuyé sur l'inévitable trop long bâton pour sa taille, entouré de libellules et de buissons. Il regarde vaguement la ligne bleue d'un paysage X où l'on voit, par étages, des cultures à l'infini où travaillent en silence de petits personnages aux champs.

Rapprochez-vous de sa peau : une armée de fourmis se promène discrètement sur son avant-bras. Ses yeux sont vides ; on ne voit pas le minuscule point de peinture blanche censé donner une direction au regard. Il ne sait pas que la colonne recouverte de mousse contre laquelle il s'appuie n'est que la partie immergée d'un temple antique. Il ne se rend pas compte qu'il campe dans le Colisée envahi par la jungle.

Ses fonctions naturelles marchent en veille. Ça tourne — mais délicieusement, au minimum ; chaque petite partie de soi émet un vrombissement minuscule pour signaler que ce personnage est en compatibilité maximum avec tout. Il y a une bonne volonté du voyant — le témoin *on* des engins veille dans le noir. Joie, moteur, embarquement pour Terre. Vous pouvez fermer le livre.

6.

1981. J'habitais une maison étroite peinte en jaune moutarde assez haute, cage d'escalier avec des boiseries sombres à mi-hauteur, quatre pièces distribuées autour d'une sorte de palier bibliothèque. Le jardin arrière se limitait à une bande de pelouse entourée de murs et d'un pommier au centre. J'avais installé un bureau à la fenêtre. La maison était meublée comme pour un professeur en exil. On trouvait donc le lit de repos en velours framboise délavé et la série de meubles en bois noir remplis de livres à reliure verte et titres dorés. Ne nous attardons pas sur le mobilier, même si, j'en suis certain, l'ambiance d'un lieu influence n'importe qui dans le même sens. Et même pour une milliseconde.

On peut se demander, si, en faisant dormir de force au musée un écrivain nul dans le lit de Proust, il n'aurait pas le matin, pendant quelques secondes, la capacité soudaine d'écrire une phrase comme *Le pépiement matinal des oiseaux semblait insipide à Françoise*. Dans le meilleur des cas, cette illumination risque d'être brève ; comme pour n'importe qui, sortant d'un cinéma, se surprend à marcher quelques centaines de mètres à la manière de Steve McQueen. Il est certain que l'on pourrait calculer ça, le degré d'influence.

Si la manière d'allumer votre cigarette vous vient d'un cousin éloigné entraperçu dans votre enfance, il en va de même pour des milliers de petits gestes, habitudes et expressions que vous avez empruntés à des personnes réelles ou imaginaires. Vous risqueriez d'arrêter de vivre en vous occupant d'une tâche pareille. Oublions les détails si l'on veut y voir plus clair. Oublions le décor ; oublions les oiseaux qui font des trilles métalliques dans le mini-pommier. Se concentrer n'était pas facile. J'essayais toute la journée de restituer sur la machine à écrire cette sensation de plénitude. Ça n'allait pas de soi. J'étais pourtant resté longtemps assis dans ce café, et comme le ferait un appareil photographique à pause très lente, je m'étais rempli lentement de cette image. J'étais littéralement impressionné — on m'a plongé nu dans un bain de révélateur.

Certains souvenirs, à force d'être remémorés, finissent par prendre une place solitaire dans le catalogue comme des émaux égarés dans le noir. De petits monuments dans sa mémoire en forme de jardin : avec des allées — à droite on passe sous le porche, à gauche on tourne en rond dans une petite pergola — et tout au fond une énorme statue recouverte de mousse, un colosse vert-de-gris devenu fontaine portant un éléphant sur le dos. J'avance. Je me laisse guider. Ça parle. J'espère que la personne ou la machine qui s'occupe de lister les événements marquants ajoute de temps en temps en marge ou en annexe des renseignements supplémentaires pour nous éclairer. Sinon les choses qui nous sont arrivées risquent de disparaître de ce fil, englouties plus profondément qu'une ville par la construction d'un barrage ; si l'on se représente le cerveau en forme de lac — une caverne sans fond d'où émergent des têtes de bison et des cavalcades de pattes de cerfs.

Mon ami William m'avait dit un matin, citant de mémoire un livre dont j'ai oublié le titre : *Je suis là-bas, le fleuve boueux coule devant moi, la joie ne dure souvent que quelques secondes.* Et il ajoutait dans un grommellement presque inaudible quelque chose qu'on peut traduire par : on n'a qu'à se faire un putain de poème… si on n'a que quelques secondes, hein ! Vite fait bien fait. Et takatakatak, il imitait le crépitement d'une machine aussi puissant que le bruit d'une mitrailleuse, suivi d'un ricanement — terminé par un raclement de gorge ; comme s'il voulait assassiner ce qu'il venait de dire.

C'est une bonne idée, un poème devrait rendre compte aisément de l'équilibre entre ombre et lumière. C'est idéal. Tous les poèmes parlent de ça. Je vais faire ça. On va faire des *poèmes.* Il a raison, William. Sur ce drap blanc qu'on tire entre deux arbres, on peut projeter le petit film tremblotant de la chose. Les poèmes, ça vaut la peine, je me suis dit en marchant. Et je suis rentré chez moi — taper consciencieusement sur la machine à marguerite. Et tout a changé. Enfin, c'est ce qu'on dit quand on veut raconter sa vie et qu'on la simplifie en faisant des parties. Chapitre 3, chapitre 4, etc.

7.

Mais la transcription sur papier était pénible. C'était pourtant si simple. Je fabriquais de longues phrases compliquées pour essayer de dire cette chose si simple. Mais regardez déjà la difficulté que vous avez à écrire à EDF pour suspendre votre ligne électrique. Ou les affres d'un demandeur d'emploi qui veut juste dire *prenez-moi* de manière convaincante. On n'y arrive pas du premier coup. Je ne pouvais pas restituer vraiment ce moment miraculeux à l'écrit, peut-être parce que je ne le voyais que partiellement, ou de côté, par prises successives incomplètes. Peut-être parce que j'étais trop dedans. Et je prenais trop de place à force, le temps grossissant ma présence ; mes sensations devenues des pieuvres ou une colonie d'algues vert forêt qui envahiraient l'image.

La solution, c'était d'en rester à cette vague histoire d'ombre et de lumière ; ne compliquons pas. Écrivons sur une page blanche *lumière* dans un coin et *ombre* dans un autre. Ça pouvait marcher si, en plissant un peu les yeux, comme dans les livres où l'on doit loucher en s'approchant progressivement d'une image abstraite pour y voir surgir brusquement un papillon en relief, le lecteur voulait bien faire un effort et transformer le papier blanc en scène où apparaissent soudainement de vraies choses.

La colonne de mots *Ombre* représentait le fond de la salle et les mots *Lumière* figuraient la terrasse. Rien d'abstrait là-dedans. Inscrivez *Arbre* sur un écriteau clouté sur le tronc d'un gros tilleul. Quel apaisement. J'ai passé des jours à tourner ça dans tous les sens. J'avais découpé en bandelettes les mots agrandis et je les disposais sur une feuille blanche rigide, une sorte de bristol fin, la surface légèrement couchée glissait bien. Et je pouvais déplacer mes blocs aussi discrètement qu'un trait de crayon sur ces grandes feuilles de papier que l'on mouille après les avoir scotchées au mur et qui, en séchant, deviennent aussi planes et dures que du marbre.

Je déplaçais ces blocs de texte avec précaution, avec le même soin qu'un imprimeur d'autrefois ses blocs de plomb enserrés dans une forme de métal par une marqueterie précise de bois tenue par des serre-joints de cuivre et de bakélite. Je bougeais les phrases, les tendais en diagonales jusqu'au point de rupture du sens. Je réglais la merveilleuse aimantation entre les mots. Imprimeur dans le vide, curieuse profession.

Assez vite, j'abandonnai ma liste de mots à la verticale pour plonger à l'intérieur de journaux ou de livres sans intérêt. Si on veut bien se rapprocher très près d'une page imprimée pour lire *dedans* et en vertical, on voit apparaître des poèmes parfaits et déjà réalisés, des strophes parfaites dans leur forme idéale ; toute prête — déjà écrite. Il suffisait de prélever cette réussite involontaire — puisque seul le hasard de la composition de ces proses avait décidé de la présence exacte d'un mot au-dessous d'un autre — puis de la découper soigneusement en suivant ces contours avec un cutter de chirurgien comme une pièce de puzzle aux angles droits. Il suffisait ensuite de la transporter délicatement et de la disposer sur un marbre. On dirait une petite chose vivante qui bat sur une table de dissection.

Et ainsi de suite. On les pose les uns après les autres en attente. Certains morceaux de phrase se soudent à d'autres membres flottant pour former un angle. Il suffit d'un éclat de fémur pour reconnaître un corps — on voyait un squelette prendre forme et la chair se reconstituer autour. Par le trou de serrure de la disposition des mots, on voit des paysages inconnus ; des choses à l'infinitif avec des vibrations ; des poèmes en forme d'insectes. On pourrait continuer comme ça à faire des comparaisons à l'infini — ça veut dire que c'est ça qu'on aime. Et comme un chirurgien qui irait chercher des organes à volonté dans une boîte — ajoutant un rein ici, un doigt à cet endroit — on fabrique de petits corps. Il faut que les poèmes marchent tout seuls.

Cette activité avait ceci de pratique qu'elle guérissait les plaies éventuellement cachées dans les mots ; pas dans les mots eux-mêmes, mais dans les rapports inquiétants qu'ils entretiennent entre eux. Je posais sur ces blocs un linge blanc avec des trous qui permettent d'isoler un morceau d'un corps pour l'opérer. Mais pour l'emmener où ? Cette fabrication me donnait un sentiment de paix et d'impunité. Je restais des après-midi entiers dans une pièce transformée en atelier de papier. Les heures défilaient vite ; quelqu'un s'enferme dans une chambre noire — croit n'y avoir passé qu'une ou deux heures et, ouvrant les fenêtres, découvre que c'est déjà le matin. Je regardais chaque bout de texte intensément pour essayer de deviner les vibrations spécifiques de chaque fragment. Calcul d'attraction. Chaque embryon de phrase se tendait vers un autre. Tout s'électrise ; et les éclats s'allument à la file — à la manière des guirlandes de 14 Juillet enroulées dans les arbres sur une place de village l'été.

8.

Mais quelque chose n'allait pas. Je ne le comprends que rétrospectivement ; je suis obligé de temps en temps d'être quand même *aujourd'hui.* J'avais l'impression de me servir d'outils qui ne m'appartenaient pas. La mode était déjà passée dessus et avait vidé la chose de son mystère. Les gens ergotaient sur *l'écriture* avec des têtes tragiques. Tout ça était déjà devenu ridiculement important. La poésie moderne était devenue tellement moderne qu'elle en devenait classique. C'est ce que prétendait mon voisin du rez-de-chaussée. Je ne sais plus très bien aujourd'hui ce qu'il entendait par là. Par *classique*, voulait-il dire que des tentatives considérées comme ineptes par le commun des mortels étaient devenues enfin des chefs-d'œuvre vieillots et rasants ? Ou à l'inverse : qu'à force d'avancer la chose avait fini par s'arrêter toute seule et ressembler à un gros tank bloqué dans un ravin ? Je ne comprends toujours pas aujourd'hui, même si j'ai appris par expérience qu'une nouvelle invention invente aussi l'accident qui va avec.

Toutes ces petites paroles tendues les unes avec les autres comme une toile de nerfs, c'était assez excitant, mais quelque chose n'allait pas. C'était trop plat. Mon ami Will, après sa tirade optimiste sur l'art, ajoutait *Et la haine ? Et la haine là-dedans ?* Il avait raison. C'était trop plat, ça manquait de voix, de cris, de portes qui claquent, de moteurs, de conflits.

Et la haine là-dedans ?

J'avais rencontré un poète autrichien qui exécutait en public des sortes de psalmodies vertigineuses. Yeux exorbités, consommation d'alcool considérable, politesse surannée. Il avait proféré debout dans une petite salle une liste de noms commençant par no : *No-tredame, No-sferatu, No-thing to do,* etc. C'était bouleversant, mais une mélancolie planait comme si on assistait au dernier témoignage d'une civilisation disparue. J'étais transporté en arrière dans un café en boiseries sombres à la table d'un groupe de poètes dada avinés un soir de 14.

On dit communément que tout s'inverse en 80. Mais ça ne se passe pas du jour en lendemain. Les gens sont drôles. À force de parler de décennies, on finit par y croire. Ne voyant pas que les choses poussent dans tous les sens. Certains artistes déjà âgés de l'avant-garde avaient bien compris quand même qu'il fallait commencer à s'envelopper de protections. Que l'on devait emballer les ponts, se recouvrir de graisse et de feutre. Planter 7000 chênes pour se cacher dans la forêt.

Un peu plus tard, dans les livres qui résument des époques, on lira que cette période marquait la fin de la modernité, on en parlait même dans les journaux, comme d'une chose *vraie* — et le début d'une vague monstrueuse de réaction qui allait durer un bon demi-siècle. Il se trouve aussi que dans un autre livre très utile, *Histoire de la littérature récente*, on lit que c'est le moment exact où vont disparaître les prétendus Grands Récits. Mais aussi qu'on allait enfin oublier Beckett et toute cette armée de formalistes excessifs. De petits gauchistes adolescents revendicatifs. Ça devient compliqué, à la même date s'éteignent les grands discours et les silences abstraits. Ça fait du monde.

C'est une mauvaise nouvelle. Il fallait la partager. Ce voisin du dessous habitait un rez-de-chaussée qui mordait à moitié sur la cave. Ce qui laissait la place à une courette légèrement en contrebas de la rue où l'on pouvait stocker des pots de plantes utiles. Il vivait avec une fille entre deux âges, dont le visage m'est devenu inconnu avec le temps ; blonde, certainement ; avec de gros yeux peut-être. Très active. Leur appartement ressemblait à une petite usine ; une corde tendue d'un mur à l'autre permettait de faire sécher aisément des spaghettis fabriqués avec cette étrange machine nickelée qui plaît tant à première vue et qu'on utilise rarement. Ils dormaient dans un coin de l'unique pièce dans un lit bateau séparé par un paravent de bois souple. On pouvait jeter des vêtements par-dessus ; ça remplaçait parfaitement la penderie. Quand j'entrais chez eux, le plus souvent en fin d'après-midi, ils étaient sagement assis en tailleur chacun sur une chaise, lisant pour l'un de la poésie anglaise et pour l'autre un livre très abîmé de Marcuse. Ils portaient tous les deux le même béret basque ; on aurait dit un républicain espagnol à la retraite, et elle, une linguiste danoise sur un campus des années 1960.

Je me plaignais. Je lui disais que j'avais quelque chose à faire, mais que je ne savais pas quoi exactement. Et même pas du tout. Le couteau sans manche à qui manquerait une lame, etc. Je leur racontais le truc des poèmes *No*, que je trouvais ça merveilleux ; mais que faire après ça ? Et si c'est terminé, qu'est-ce qu'on va devenir ? Devenir moderne trop tard, c'est idiot. On va aux expositions comme à des enterrements, dire adieu aux artistes ? C'est ça ? C'est pas gai. Pourtant un des leurs vient de planter cinquante chênes devant un musée. Il y a de l'espoir. Alors que faire, et etc., et etc. C'est un curieux choix que d'ouvrir un chemin fermé devant vous qui est derrière — non, c'est le contraire. Je ne comprenais plus rien. Revenons à la maison.

Les gens du premier étaient beaucoup plus jeunes et beaucoup plus détendus et venaient de découvrir, comme la terre entière, le premier tube de Michael Jackson. En remontant l'escalier — après avoir parlé de choses importantes et finalement assez ennuyeuses avec mes voisins du rez-de-chaussée, j'ai compris d'un coup : des harmoniques avaient touché un endroit inconnu et déchirant. Une chanson se repliait sur elle-même en s'enveloppant ; on dirait le maniement gracieux d'élytres, le craquement de carapaces et de mues d'un dinosaure en train de devenir oiseau. Un son de cordes nasal, un couinement mécanique, une plainte de canard abandonné. Un hautbois électrique ? Ça touche un point vibrant en moi. Oh mes infrabasses chéries — il n'y pas de nom pour ça. En tout cas, ça a suffi pour créer *l'empreinte*, mais je me demande à qui s'est attaché le jeune canard ; l'objet aimé est assez flou. Je remontais l'escalier, la chanson continuait à se tordre en spirales délicieuses.

9.

J'avais traversé à pied le petit lac gelé qui remplaçait les douves des anciens remparts de la ville. On avait l'impression de marcher sur une route sans bords — zébrée de la lumière rouge et or des lampadaires et des devantures de café qui s'y réfléchissaient à l'envers. J'avais réservé une place dans le grand théâtre pour assister à une performance. Je ne savais pas ce qu'était vraiment une *performance.* Une sorte de sport ? Elle se disait ça en traversant le lac, la glace crépitait sous mes pas, on aurait cru se glisser dans un conte. J'avais la bonne morphologie pour ça ; une vieille dame sportive : grandes jambes arachnéennes, des bras facilement dépliables, on aurait pu me prendre pour un athlète en combinaison androgyne qui patinait sur un lac ; les arbres aussi se réfléchissaient dans la glace, imprimant des silhouettes ; on dégringole de branche en branche.

La grande salle d'orchestre était surchargée de dorures, d'enfants rebondis soufflant dans des trompettes, et de muses surexcitées brandissant des harpes — et tout ça drapé, redrapé ; une vague de rideaux dorés enroulait les choses et les êtres sur son passage jusqu'au vertige. Drôle d'endroit pour accueillir un artiste qui dormait dans un entrepôt frigorifique et qui sillonnait les forêts *Upstate* en minibus à la recherche de morceaux de bois de cèdre rouge à introduire entre les cordes de son piano. Il s'avança vers une petite table dans le coin droit de la scène. Cheveux blancs drus, barbe courte, veste de jean aussi bleue que ses yeux, maigre, alerte, je sus beaucoup plus tard qu'il se nourrissait exclusivement de champignons. Il s'installa sur la chaise et regarda fixement le public. Après de longues minutes, il poussa un gémissement. Puis un autre. Puis un autre encore. Il ne faisait que gémir, il gémissait doucement, sur tous les tons, en variant légèrement les intentions, passant de la déploration au plaisir par gradations subtiles. Il a gémi pendant une heure.

Je me souviens exactement de ma réaction, je n'en ai eu aucune. C'était extraordinaire, je comprenais sans comprendre, comme si on me présentait dans une vitrine un objet usuel d'une civilisation inconnue. Je suis sorti de la salle avec une cohorte d'hommes barbus en smoking et de grosses dames en robes longues. L'art moderne était terminé.

Illusions perdues

1.

Ils parlent à voix basse, ils s'avancent dans un angle de la pièce. Un type à la voix sombre dit quelque chose que je n'entends pas bien comme : *Hmmm, ça sent la chair fraîche ici* — ils cherchent ; froid, chaud, froid, froid ; ils continuent à chercher. Chaud ! il y a quelque chose ; il y a une forme recroquevillée dans un coin noir — c'est moi.

Mais qui êtes-vous ? Des cris ! *Mais qu'est-ce que vous faites là ?* Ils m'avaient trouvée. Un cercle de têtes menaçantes en contre-plongée comme celles de pirates découvrant un enfant au fond d'une caverne où ils avaient entreposé un trésor de guerre. Je leur explique en substance que je n'avais aucune intention de les espionner, que j'étais là par hasard, que, etc.

Une assez grosse femme au chignon vertical, se présentant comme une *cousine*, recouverte d'une série de couches de dentelles à la manière de certaines momies que l'on peut voir dans des églises de la région de Naples, se pencha vers moi, m'avouant qu'elle avait essayé de lire une de mes rédactions sur les insectes qui avait fait l'admiration de tous : *Essayé seulement, puisque je ne suis pas une intellectuelle.* Riant un peu, comme si c'était un exploit, *ce n'est pas mon rayon, ah non, mais ça doit plaire.* Pour essayer d'en sortir, je rétorque, en exagérant aussi d'un rire, que les gens qui comprennent doivent faire… semblant. *Mais c'est ça,* me regardant brusquement, *ils font semblant* — soulagée, *mais oui,* et la conversation replongea dans une mare où l'on n'entendait plus que des petits bruits ; les petits cris des êtres perdus dans leurs paroles.

Chacun entonne tour à tour la litanie des louanges à soi ; récompenses de l'année ; considérations politiques ; bilan médical avec descriptions détaillées. Chacun se place sur le grand tableau des rivalités familiales qui fait penser à celui des coupoles des bourses, et c'est parti : courbe des vies sociales des différentes branches ; crash des êtres ; *mon fils est un génie comme son père* ; descente aux enfers du cadet sous médicament ; honneur perdu de X ; *c'est tout le portrait de sa mère.* Et en finale, le récit de la brusque accélération de la notoriété d'Y.

Avec des cris pour embrayer sa phrase et des coups de force minuscules pour garder la parole. Dès que quelqu'un essaie de placer un mot, le couper au plus vite par une série de *Ça m'est arrivé aussi à moi, à moi aussi.* Une autre technique consiste à produire un son ininterrompu, un gémissement approbateur par à-coups rapides — un signal panique de machine pour déstabiliser l'autre. Celui qui se risque à parler comprend vite qu'il n'a le droit qu'à une intervention très brève. On dirait des grognements d'ours ou les jappements d'un chien en manque selon les tessitures — hurlements de l'un, barrissements de l'autre : un opéra avec des animaux. Des joues déformées, des teints blafards, des yeux chassieux — drôles de mammifères. Si on augmentait le son de tout ça on obtiendrait un fracas immense.

Ils m'avaient vite oublié, mais moi, comment faire pour les oublier à mon tour ? J'étais encore jeune à l'époque, et j'avais déjà mis au point des techniques d'esquive remarquables. La plus simple — que je conseille pour commencer le long chemin qui mène à une indifférence calme —, c'est de faire le contraire de ce que préconisent la plupart des gens. On vous exhorte à vous exprimer, à faire sortir à tout prix les mauvaises pensées, à extirper les sensations pénibles, les cauchemars, les phrases blessantes, les gestes déplacés. Ne gardez rien, sinon votre corps contiendra trop d'humeurs noires et de fluides négatifs.

Faisons l'inverse : ne rien faire sortir, replier son cerveau sur soi-même ; voilà mon programme de santé. Méthode automatique de refoulement. Stockage dans citerne à mille kilomètres sous terre. Hibernation des traumatismes. Demi-tour en soi et enfermer ce chaos dans un réceptacle. Une boîte étanche et calfeutrée ? Faire atterrir tout ce magma de paroles, de visages, de choses sans nom dans quelque chose comme ? une meule de paille ? une bâche tendue par dix pompiers en cercle en bas de l'immeuble — on devrait faire ça systématiquement en cas d'intrusion. Dans quoi pourrait-on faire rentrer les mauvaises situations qui ressemblent à des choses hérissées — la douleur aiguise des angles irréductibles, on pourrait les étouffer dans quoi ? Dans des housses ? Avec des couvertures de feutre ?

On peut matelasser les problèmes. C'est certain. En voilà une activité heureuse et utile. Rien que de penser à la fabrication de tout ça — quel matériau choisir pour construire un coffrage sur mesure comme on le faisait pour ranger l'argenterie ou les pièces détachées d'une carabine pour attentat bien encastrée dans la mousse — je respire. Dès que je me questionne, je suis au paradis. J'y vais quand je veux, personne ne m'empêche d'entrer.

Une autre méthode assez efficace consiste à recouvrir l'intégralité de ce que disent les autres d'un flot équivalent de phrases intérieures aussi hermétiquement que les plastiques très fins capables d'envelopper n'importe quelle surface — comme le ferait une nouvelle peau sur un tissu endommagé. Il paraît que quand on raconte n'importe quoi pour noyer le poisson, ça s'appelle *roman familial*. Mais quel verbe ? Faire un roman ? Réciter un roman ? Imaginer un roman ? Un *rôman ?* Pour quoi faire ?

Je n'entends plus rien. Je suis à l'équilibre ; deux machines adverses ronronnent. Il suffit de penser aussi fort que les voix intrusives qui vous assaillent. Équilibre de la terreur ; c'est la paix ; on s'enfonce dans le réceptacle élastique. Je n'entends plus rien. Je suis intouchable. Une caste inaccessible accrochée dans les arbres pour l'éternité.

Ça s'éternise raisonnablement ; on en voit la fin. La famille semi-proche invitée fait de petits sauts de carpe pour signaler le départ ; la lumière descend discrètement, mais sûrement. Fondu au noir ; perron, présentation arme. Adieu calèches, cochons, couvée. Porte close, bougies. Fermeture volets.

2.

Une autre solution pour oublier, c'est l'eau froide. C'est pareil, dit-on, avec les grands problèmes, il faut y entrer et en sortir vite. On peut aussi y rester. Il y a des herbes, mais c'est beau. L'eau est douce et tendre avec des irisations ; je connais ça par cœur ; à force je suis une batracienne, un têtard de compétition, une fille amphibie — je nage.

Hey ! Ohlà ! *Hurlé*. Oui, vous ! On n'a pas le droit de se baigner nue ici. Quoi, on n'a pas le droit de se baigner ici nue ? je marmonne de loin.

Un type en uniforme vert bouteille, un chapeau de feutre à plume de geai, s'avance jusqu'au bord de la berge : Et ça, c'est une palombière cette tour en bois ?

Permis de construire et de chasse, merci. On n'a pas le droit de construire de palombière ici.

C'est gallo-romain, je crie, c'est pas une palombière, c'est une cabane antique. Il manque des mots ; on ne peut pas parler et nager en même temps. Je remonte sur la berge entre les roseaux. J'ai de la vase partout. Excusez-moi d'être nue — et je lui tends un étui crasseux, contenant un papier toilé.

Ça ira comme ça, dit-il. Robinson, c'est pas un nom d'ici. C'est un prénom de femme, ça ? allumant une cigarette en grommelant. Ah mon dos — fffff. C'est vos vêtements, là ?

Dites *c'est un pylône*, et on arrête les poursuites, c'est pas une palombière au sens strict, d'accord, ça peut être un observatoire. On en fait maintenant de plus en plus des observatoires à nature dans les centres aérés, en rondin pareil. Et l'escalier, dites donc — c'est bien conçu votre truc. Il fait une spirale avec le doigt vers le haut. On peut dézinguer — pardon *prélever* n'importe quoi d'ici, et en chaussons.

Il y en a du chevreuil c't'année, d'ailleurs, et c'est nuisible.

Arrêtez, vous me faites mal, je lui dis.

Hé dites donc, poursuit-il avec une voix haletante, vous en avez du matériel là-dedans, on se croirait dans un phare de l'armée. Et ces trappes-là, c'est pour mettre des lignes de fond ? Vous savez que c'est interdit ça.

Il s'approche encore plus près de moi, en me serrant anormalement fort et me souffle à l'oreille : Les écolos ont gagné ; en pêche vous avez le *no kill,* la même truite sera piquée par soixante types ; la fausse exécution ; il paraît que c'est la drogue des jeunes ; vous savez comme s'étrangler.

N'importe comment ils vont tous faire péter par ici, avec ce projet écolo-radical de faire revenir la rivière à son cours naturel du Moyen Âge pour que les saumons — quels saumons ? — remontent sans problème. On collera une bulle de plastique par-dessus, genre serre de potager, mais en dur. On pourra observer tout ça tranquillement. On a des cours à la mairie d'éléments de langage pour répondre aux usagers.

Moi je sais leur parler aux usagers, hein ? Ah ce sera moins facile de foutre des nasses et de balancer des filets interdits, hein ?

Qu'est-ce que vous faites ici ?

Un autre type avec le même uniforme vert olive — mais avec des galons dorés supplémentaires, et un képi plus haut surmonté d'un plumet rouge — surgit derrière mon nouvel ami. Grand, sombre, avec d'énormes sourcils : Vous n'avez plus le droit de discuter avec les contrevenants, dit-il à l'homme qui me serrait de plus en plus fort.

Il me regarde longuement, comme s'il me reconnaissait.

On est sur les ragondins, j'expliquais, dit l'homme embarrassé à son chef, après un long silence — j'avais l'impression de ne plus respirer tellement il me serrait fort. Ragondins égale berges trouées, égale effondrements — on est deuxième catégorie, ce sont les riverains qui payent, je disais à Mademoiselle, pour qu'elle comprenne… l'enjeu, que nous, on doit sanctionner, vous voyez un trou, bon, ce sont les ragondins, castors à queue de rat, genre poil de loutre, mais marron clair, trop petits pour faire peur, mais trop gros pour rassurer.

Ça ne fait pas rire le chef, qui reste immobile. Et le gars en vert, se lance dans une conférence interminable sur les radeaux de polyester grillagé que les types de la défense des berges intercommunale — attention, c'est pas le département du tout ça —, des radeaux, sur lesquels ils fixent un bol plastique de carottes empoisonnées. Et puis les cages ont disparu. On sait qui c'est, mais on ne peut rien dire.

Me regardant longuement.

C'est peut-être *Elle* qui a volé les cages.

Faut pas se baigner nue aussi, je lui disais, on veut pas d'histoires ici, hein chef, avec le centre de nature intégrale en amont, il y a des gosses partout, je disais ça — et elle se débattait, c'est pourquoi je lui ai passé les menottes. Je lui ai fait un 24 B.

Silence du chef.

Je lui ai fait la régulation phonique pour qu'elle arrête de gueuler, et fallait voir ça, avec pression coude sur trachée — ça m'étonnerait qu'elle soit morte.

Faut pas manifester si on n'est pas en bonne santé. Des raves sur nos terres ? Pas question. Des betteraves oui, des raves non.

D'ailleurs, on fait même pas d'interrogatoire poussé, aucun waterboarding ; au sens strict répertorié de non-torture, ce qui serait autorisé maintenant.

Et pratique au bord d'une rivière.

Alors qu'on pourrait sans problème — on ne le fait pas. Manquerait plus qu'on dise qu'on l'a violée.

Et le chef se décida à parler.

On n'a pas le droit d'être nus é-vi-dem-ment. Il n'y a plus qu'à baiser partout dans les champs. Ici on observe. On est tous gendarmes à plein temps. J'ai vu un gars à l'entrée de chez vous, barbu, grimpé sur un tas de bois, qui soi-disant cherchait son chemin — on n'a jamais vu un individu grimper sur un tas de bois pour chercher son chemin avec la main en visière sur le front indiquant qu'il regarde au loin, on n'est pas dupe.

Si ça se trouve, vous êtes terroriste.

3.

Heureusement que j'avais prévu un sac étanche pour me présenter normalement au village. Ça vaut la peine de faire un tour complet du patelin. Je cache dans le creux d'un arbre une partie de mon équipement. Arriver quelque part en nageant, c'est toute une affaire. Enfiler une tenue d'été ordinaire. Tout est prêt, sec, dépliable, comme ces petits cubes qui, jetés dans l'eau, se déploient en chemise ; j'ai faim. Une grande carafe remplie à ras bord de Chasse-Spleen 61, un jambon suspendu à la poutre, d'excellentes terrines avec des morceaux entiers de lièvre dedans, c'est ça qu'il me faudrait toute affaire cessante. Ajoutez un tonneau de cognac, merci, étendue dans la paille sèche — parsemée de fleurs jaunes et de balles de coton. Avec un petit canal rempli de truites sauvages au ventre tacheté d'étincelles orange.

Truites électriques, hmm.

Commençons par un grand verre de limonade glacée.

Du canard ? Pourquoi pas du canard ? Il y a du canard au menu. On dirait des blancs d'éléphants — je ne savais pas qu'il y avait des canards de cette taille. Il me faudrait un grand couteau à scie pour attaquer la chose.

Dans le coin droit du bar, deux types à yeux jaunes parlent à voix basse sans discontinuer sur le thème *Lui, c'est un fouinard* ; on dirait deux serpents à sonnette au repos.

Qui c'est qui a 100 kg de cèpes au congélo ?

C'est Fouinard.

Un de ces jours, je vais te lui sortir le fusil. Et comme il a une tête de sanglier — rires.

Ce sera un accident.

Les gens qui ont une tête de sanglier, ils n'ont qu'à pas aller à la chasse.

Bis : Qui c'est qui a 100 kg de cèpes ?

C'est Fouinard.

On va finir par mettre des miradors dans les bois.

Ils piquent tout — surtout les tronçonneuses.
Ça s'infiltre partout.
C'est le matériel qu'ils visent.
Après ce sera les tuiles des toits.

Alors, on aime la lecture ? me demande un gros type à moustache, m'apercevant accoudée à la table d'hôte, un livre à ma droite, et à ma gauche le canard rôti déjà bien entamé.

C'est du japonais ? il me dit, lisant sur mon épaule.

C'est le nom d'un groupe de punk, j'adore, je réponds, mimant un diable avec des cornes sur la tête. Mais j'aime pas tout ce qui est magique, je rajoute.

Il me regarde bizarrement.

J'aime les auberges anciennes, je lui dis, pour changer de conversation. Les bonnes auberges c'est difficile à trouver, si on veut que des plaisirs différents cohabitent. Anciens et modernes, adaptés à l'histoire de chacun. Ici, c'est lamentable. Le confit de canard c'est du phacochère.

Surgelé.

Hein ? grogne le type. Comment ça vous aimez pas ce qui est magique, vous lisez des trucs de magie et vous n'aimez pas ce qui est magique. Vous vous foutez du monde.

Il s'énerve anormalement : Et les pyramides, et les aéroports mayas et tout ça, c'est pas magique ?

Les canards, c'est des canards de Pillac, on met pas de granulés, que du maïs, on leur donne même de la pâtée avec du pain trempé dans du lait avec même des restes de viande qu'on mange nous.

Je lui balance la soupière de bouillon de ce même canard au visage et lui applique le couteau à découper à manche en os sous la gorge. T'as qu'à pas regarder sur mon épaule. T'as qu'à pas regarder ce que je lis. Et tu n'as pas à donner de la viande à manger à des canards. C'est contre nature.

Il a les yeux rouges.

Allez, calme, je lui dis. Il comprend. Et tout le monde reprend sa place comme un seul homme.

Ça s'arrange.

Décidément ce n'est pas un pays très accueillant, pensai-je en claquant la porte du bar.

Il fait nuit, on roule, il fait chaud, c'est l'été, j'aime l'été. Il suffit de crocheter n'importe quelle voiture anglaise cachée sous un tilleul, et en avant. On disparaît dans l'éther, yeux fermés, voiture lancée sur route obscure — les raies des phares zèbrent le pare-brise bombé comme une coupole spatiale.

Allons voir la famille. Il paraît que ça fait toujours du bien.

Entre.

Ils dormaient juste au-dessus des bêtes avant, hein, c'est pareil. Maintenant c'est la bagnole qui réchauffe, il rit.

Allez, entre.

Je me glisse entre les rideaux de bouchons multicolores.

Il transpire. Taches énormes sur maillot de corps nid-d'abeilles.

Pas de clim, hey, on est nature ici.

Chaud bouillant.

D'autant qu'il est en train de jeter une côte de bœuf entière dans une poêle d'huile fumante.

T'as trouvé du travail ? S'essuyant les doigts sur son short satin fuchsia fluo.

Je viens te demander de l'argent pour partir, je lui dis avec la voix la plus douce possible.

Il se décompose. Temps d'arrêt. Plonge la fourchette dans la côte.

Crac la retourne.

Pommes de terre ?

Je sens qu'il n'y a pas moyen d'en tirer quelque chose avant d'avoir fini la viande.

T'aimes pas le gras ?

Non, j'aime pas le gras, je lui dis avec la voix la plus douce possible.

Il va me faire le coup de C'est Le Gras Qui Est Le Meilleur.

L'Eskimo, comment qu'il tient avec un froid pareil ?

J'avale.

Il mange que du gras.

Et le Touareg, il boit son thé comment ?

Faire semblant de ne pas connaître la réponse.

Chaud, voilà.

Pareil pour le gars qui travaille dans une boîte de tondeuses. Tu crois qu'il tond sa pelouse avec quoi ?

Un boucher qui a envie d'une entrecôte, il va aller demander au voisin ?

C'est un ensemble de choses logiques.

Délicieuse la viande, je lui dis.

Silence.

Je viens te demander de l'argent pour partir.

Qu'est-ce que tu veux faire ? Il susurre après encore un long silence.

Un Balzac, j'ai envie de faire un Balzac.

Moi je dis Balzac, Balzac, c'est pas mal, mais il faut rentrer dans toutes les têtes mon petit. Faut enlever tous les trucs de ta classe. Balzac c'est souvent bourgeois. Faut arrêter les écrivains avec la maison de campagne et les greniers avec de vieilles raquettes de tennis.

C'est ça mon projet, je réponds.

Balzac ? Mais Balzac, c'est idiot de vouloir faire un Balzac. Ça ne fera aucun scandale, et il faut que ça bouge un peu, non ? C'est pas un sujet, bordel. Faut un sujet. Un type part en croisade avec un groupe de copains fanatiques. J'ai pensé ça ce matin. Ça c'est bon. Moi j'ai des idées de sujets. C'est un ensemble de choses logiques. Faire des cauchemars avec du vrai.

Il me fallait un maître. Je savais que dans un bungalow pas loin dans le haut de la forêt vivait un soi-disant ancien poète. Je ne m'en sortirai pas toute seule. Pour se faire un destin à soi, il faut de bonnes techniques — cherchons. C'était une vraie forêt cette forêt ; et le prétendu bungalow était introuvable. Il aurait fallu idéalement balancer tous les cent mètres une flèche par-dessus les arbres, la petite caméra fixée dans l'empennage me donnerait des renseignements en pénétrant dans la jungle. Je pourrais ralentir ce film express sur un grand écran, arbres, arbres, arbres — en espérant découvrir à chaque instant la clairière où notre poète est installé. Ce serait pratique. Les inventions, si on réfléchit bien — quelqu'un en a besoin un bon matin. Et quelqu'un les fait ; et c'est très bien.

Mais on trouve les gens au moment où on ne s'y attend pas. On voit un type assis sur un talus ; c'est rare de découvrir quelqu'un assis dans l'herbe inoccupé au milieu du paysage. Un randonneur ne resterait pas là en train de fixer l'herbe. Il admirerait la vue, le ciel, pas l'herbe. Un sportif ? C'est impossible, un vrai sportif, arrêté à un feu rouge, court sur place pour ne pas perdre le fil. Lui, il ne bouge pas. Quelqu'un qu'on a oublié dans l'angle ? On dirait un lapin qui essaye de se réduire sur place sachant que vous arrivez sur lui à pas de loup.

Pour différer le moment de la rencontre — il a l'air terrifié — je lui raconte une histoire longue : que le paysage ici n'a pas changé, que personne ne s'en rend compte. Je développe ensuite une théorie sur l'intuition que les choses ne changent pas vraiment, malgré les apparences. Il m'écoute attentivement. C'est un type assez maigre, avec de grands bras et une tête allongée. Il est blanc comme un linge, ses cheveux blancs sont noués à l'arrière avec un nœud Révoltés du Bounty.

Une entente immédiate.

Je vous passe sous silence ces mois en compagnie de ce poète des bois. Au début, j'ai marché avec lui complètement. On fabriquait des harpes avec des câbles qu'on tendait de part et d'autre d'un précipice ; s'il y avait du vent, cela nous faisait une guitare électrique géante — je dis *nous*, parce que d'autres jeunes gens avaient gonflé pendant ces quelques années les rangs de la petite organisation, souvent un peu orphelins ou quelquefois un peu délaissés par des familles, des jeunes gens idéalistes pouvant endosser le rôle d'enfants à éduquer à la lutte contre les images illusoires envoyées par les télévisions — mais dans un cadre confortable.

On était coupés du monde. Aucune information ne nous parvenait. Aucune nouvelle de l'annexion par la fraction armée du territoire restant ; aucun écho du débat sur la relance économique ; rien sur la maladie de la vache. Aucune information sur la décapitation d'un voisin dans une cuisine par un groupe de radicaux anti-nature. Rien. Pas de pétitions ni de réunions générales. On pouvait juste considérer — au cours de brèves entrevues au coin du feu — que le monde extérieur nous était étranger et fonctionnait mal sous l'empire du Mal.

On construisait des attractions dans la forêt. Des trampolines ultrapuissants pour se propulser à la cime des arbres et cueillir des baies roses au vol ; des machines à laver humaines dans des cascades, etc. Tout un bric-à-brac qui ne marchait jamais. Chaque nouvelle idée le matin était suivie de plans et de calculs. Et le jour même, il fallait fabriquer un pont de bambous balançoire, un tunnel pour traverser les rivières par-dessous, des alignements de pierre en mémoire de n'importe qui.

C'était exténuant. Chaque jour une nouvelle obsession. Il me faisait boire dans un bol de bois une décoction blanchâtre et épaisse. Je faisais des rêves épuisants d'animaux parlants. Je commençais à croire à de plus en plus de choses sérieusement. Il n'y avait plus qu'à s'habiller en blanc, ou à se filmer dans un silence de mort baguenaudant dans les prés. Une communauté fantomatique courant à travers champs. Une secte, sans paroles, avec *des images rien que des images.*

Il fallait filer et vite. Il fallait que je rentre dans une ville normale. Rester aux quatre vents à la merci de n'importe qui. Pas question. J'envoyai dans la cabane une bouteille remplie d'essence, cachetée du chiffon que l'on allume, avant de la jeter en brisant une fenêtre — et qui explose.

4.

On voit bien que ce n'était pas l'endroit idéal pour être heureuse ; on comprend l'exode rural. Mauvais endroit, mauvais climat, mauvaises rencontres, mauvaise famille, mauvais passé — ça commence à faire beaucoup. Il fallait une solution. On la trouve dans presque tous les romans, cette idée de changer de vie, comment et pourquoi. Et à quel risque ! *Une jeune fille monte à la capitale.* Quelqu'un quitte quelque chose pour trouver bien pire. En voilà une bonne histoire. On peut prendre modèle sur les livres, c'est très pratique. Mais, dans mon cas, ça risque de ressembler à un Balzac avec un début assommant sur un faubourg d'Angoulême ; et il faudrait tout décrire, les ambitions, les rues tristes, le frère et la sœur, les rivalités, les illusions perdues, etc. Et puis l'imprimerie familiale — c'est comme ça que débute le roman : une sombre histoire d'imprimerie, avec notre jeune fille perdue dans un nœud de vipères sans issue ; ce serait long de tout décrire, la vie quotidienne de ça, les destins de chacun, l'envie de réussir de chacun, celui qui veut rester, celle qui veut partir.

C'est un conte, si on le résume, mais un roman si on rentre dans les détails — et qu'on prend le temps de s'occuper intensément du décor. En grimpant quatre à quatre un escalier, on regarde rapidement les gravures, les photographies, les dessins encadrés qui couvrent les murs, assez vite pour presque les enchaîner — comme si on fabriquait un film en déplaçant son corps. On oublie les drames qui sont cachés dans chaque image. On aurait moins peur de lire *La Belle au bois dormant* si on décrivait en détail, dès le début, les chambres dans lesquelles a dormi la narratrice ; on se perdrait dans les plis de la courtepointe en satin marbre rose. Si quelqu'un est dévoré par un ogre, on ne le verra pas, tellement c'est ralenti. Surtout si ça se fait en famille et sur des siècles. Bonne manière de cacher un crime. Qu'est-ce qui se passe quand on accélère et qu'on résume sa vie ?

Lucien de Rubempré peut très bien être une fille. Il suffit d'accorder l'ensemble — je l'avais fait littéralement dans un exemplaire de poche du livre. C'est une curieuse contrainte de ne rajouter que des *e* à un livre.

On voit après quelques pages l'héroïne jeune grimper dans une diligence. Elle n'a qu'un défaut, elle applique un programme qui n'est pas le sien ; elle est *empruntée* — dans tous les sens du terme. Elle pourrait dire *elle* à la place de je. Mais avec un avantage : elle le sait. Cette confusion permanente la fait souffrir ; elle est quelquefois agressive. Ah on est à fleur de peau — c'est vrai que je suis un peu trop émotive. Je vois souvent autre chose que ce que j'ai sous les yeux ; la réalité me semble encore plus puissante. Comme si un souvenir, une information se surajoutant à l'événement lui donnaient plus de chair. Connaître le pourcentage d'eau et de graisse, se représenter le travail des cellules n'empêchent pas d'aimer la peau de quelqu'un ; au contraire.

Nous voilà partis ; ça va vite, mais on a quand même le temps de voir le paysage. Les champs de blé succédaient aux forêts, les clairières aux petites gares désertes, on ne savait plus ce qui était caché dans quoi. Mais l'œil s'habituant, on pouvait attraper un détail au vol et apercevoir le scintillement d'une pierre au fond d'un torrent, une tache de nénuphar, un rosier grimpant sur une petite façade aussi sûrement que si on avait posé un microscope sur ce tapis volant. La nuit tombait. Le petit espace prévu entre deux rails pour accueillir la dilatation du métal l'été faisait un tiquetiquetac comme un friselis de caisse claire ; et tous ces gens entassés et parlant fort !

C'est un peu tape-cul quand même, gémit une voix d'homme âgé, ça tape dur quand même, hein, c'est un vrai tape-cul. Ah il y en a qui sont toujours contents, la vitesse, c'est ça, mais oui, et le confort — le confort, alors évidemment, hein, on passe dessus. Je me suis beaucoup documenté sur ça — la vitesse. Ah la suspension élastique qui donne mal au cœur. Je m'intéresse à tout. Le tout express, quelle erreur !

Dire que j'allais me taper ce type jusqu'à la capitale.

Le brouillard à la sortie d'Angoulême est énorme, enfin spécial, ça arrive quelquefois, poursuit-il malgré les secousses, ça fait carrément une nappe au-dessus des champs. Ça coupe en deux les vaches et les arbres. Pareil que les gaz pendant la guerre.

Et ça, les gaz —

Une secousse plus forte que les autres me fait perdre un long morceau de son monologue — Proust, eh bien Proust ce n'était pas un petit saint. D'ailleurs il était défoncé, comme les autres, la poudre, le matin, j'ai lu un article très documenté là-dessus, sur la table de nuit : poudre Legras *pour asthmatiques* — il fait le geste rapide avec deux doigts en l'air qui indiquent les guillemets —, tintin, il y avait de l'opium dedans.

Je vous montrerai tout ça si vous venez à la maison, comme je l'espère. J'ai quatre appartements avec quatre bibliothèques semblables.

Tenez, servez-vous, il découvre dans une anfractuosité des sièges de cuir un panier d'osier gris pâle à petits abattants et une très grosse boîte de conserve — on se demande ce qu'elle peut bien contenir. Dans ces boîtes de pâté, de taille anormale, j'en conviens, reprit-il, y a un bon cuissot de sanglier — et même compressé, il prend de la place, à table, chère amie !

Et il déploie d'un coup sec une nappe écossaise.

On dirait une diligence. Mais en nettement plus rapide, assez confortable — enfin c'est ce que disent les jeunes. Moi, je ne trouve pas du tout, du tout ; il y a trop de suspension.

J'ai mal au cœur en voiture.

Parcours pénible d'une plaine plate parsemée de corbeaux — qui attendent on ne sait quoi, et de petits arbres oubliés au milieu des champs.

On voit par le carreau des alignements de cerisiers remplis de CD bleuâtres accrochés aux branches pour éloigner les oiseaux. Ça me serre le cœur. On remarque aussi dans les champs des faucons articulés, qui tournent sur un axe de fer. On se demande si on n'a pas rêvé.

Absolument, des effaroucheurs avec mâts, hurle-t-il — un cerf-volant, si vous voulez, mais tenu par personne. Il y a aussi le nouveau truc avec coups de fusil toutes les trois minutes. C'est radical, poursuit l'homme, qui s'avéra, le matin levé et la lumière envahissant la cabine, être un homme très gros aux yeux globuleux, vêtu d'un costume prince de galles, mèche aile de corbeau assez travaillée et lunettes d'aviateur bleu acier réfléchissantes.

On se voit dedans.

On devrait faire ça avec tous les intrus, boum-boum, on bombarde par prévention en permanence. C'est une guerre si vous voulez, mais avec zéro mort — je soutiens cette politique. Je ne me sens pas très bien. Excusez-moi. Je perds la boule. Je me mélange à force. Les idées, comment dirais-je, fondent — comme au soleil. Bon, c'est le manque de magnésium.

Vous prenez du magnésium ?

Heureusement, de temps à autre, le passage sous un tunnel, envoyant un fracas réverbéré sur les parois de pierre, éteignait les conversations — et je pouvais enfin parler à voix haute sans être entendue.

Vous dites ça ? *Il y a trop de suspension*, c'est ça que vous dites, mais arrêtez de parler dans votre barbe ! hurle le Prince de Galles, c'est le monde à l'envers. Ça devrait être l'inverse — il devrait y avoir moins de suspension, même s'ils disent que c'est obligé, vous savez je ne suis pas technicien du tout.

Regardez-moi ces paysages ! Il me montre les photographies noir et blanc encadrées, rivetées au quatre coins dans la paroi de métal vieux jaune. Ah, c'est amusant cette coutume, on voyage deux fois : par la fenêtre, et par les images — oh oh, attention, là, ça préfigure d'énormes inventions, poursuit-il avec un débit très rapide, tout ce que vous voyez autour, la moindre poubelle encastrée qui n'a l'air de rien, il y a un niveau de fabrication énorme. Ça se classe en catégories. Classe D, c'est beaucoup, beaucoup, beaucoup, les choses sont fondues les unes dans les autres. Regardez une carrosserie moderne de cette classe — il n'y a pas de soudure entre plusieurs parties, c'est un même truc, moulé d'un coup. Il n'y a plus de dedans ni de dehors.

On va vers l'abstraction à force d'aménagements.

Non, c'est dans l'autre sens.

C'est abstrait d'abord les objets techniques, ça devient concret après.

Je ne sais plus dans quel sens ça va.

Regardez ce signal d'alarme, on dirait une cloche de porte de monastère.

Ça donne envie de le tirer, ce signal.

J'aime beaucoup la mécanique, tout ce qui est mécanique. D'ailleurs petit, dès que j'avais cinq minutes tranquille, je fichais des coups de marteau sur mes petites voitures ; pour voir ce qu'il y avait caché dedans. Boum, il fait le bruit d'un marteau — et à chaque fois c'est vide.

Il se cache le visage en pleurant.

Plus il parlait et plus il parlait, plus les vitres se recouvraient de givre. Condensation ? Le compartiment prenait une teinte vert sombre. Si j'avais déjà réussi à me rouler en boule comme un hérisson pour échapper aux personnes du passé qui viennent vous hanter et si je savais aussi me battre remarquablement, j'avais surtout mis au point une technique intéressante que je vous recommande. En plissant les yeux à la limite du noir complet et en restant le plus longtemps possible dans une zone de gris qui redessine abstraitement l'espace et les êtres — ça efface les contours. Un peu comme si l'on apposait un calque au-dessus d'une photographie. On ne garde qu'une silhouette des sujets ; on inscrit des numéros — et une légende en dessous.

Déformation professionnelle ; c'est l'imprimerie qui m'avait appris ça. Il est certain que si on passe son temps à regarder des caractères à la loupe ou qu'on contemple la composition d'une page de loin pour estimer l'équilibre du placement de blocs gris sur une surface blanche — on n'est jamais à l'échelle. On apprend à accommoder sa vision.

Et le conte s'active.

On dirait du cuir, rajoutez un samovar, faites apparaître lentement une chapka d'ours noir à votre voisin en vis-à-vis, le givre occupe maintenant l'ensemble des carreaux, une vapeur s'élève. Un vrai début. Le véhicule s'arrête en rase campagne. On va pouvoir cavaler dans la neige.

5.

On s'arrête au premier relais au fin fond de la campagne : Ruffec. Tout le monde descend. Une façade détruite avec du lierre partout et de drôles de sapins noirs. Le paysage est plat et sombre. L'intérieur est mieux ; une voûte de bois ; un vaisselier sombre. On tombe en arrêt sur une série de gros oiseaux à la broche. Par terre, une jonchée de roseaux secs. Une pelletée supplémentaire de braise, une brassée de sarments bien secs, la peau craque, un jus clair s'écoule des cuisses dans la lèchefrite où de grosses pommes de terre brunissent tranquillement. On peut en avoir une, de ces poules ? *C'est réservé — et c'est pas des poules*, gueule une voix vers le fond.

Rires gras de quatre hommes assis en demi-cercle devant l'énorme cheminée ; bottes au feu, bras repliés derrière la tête. Quitter son pays d'origine pour retrouver la même chose ailleurs, c'est un peu fort de café. En espérant oublier cet affront, je vais me commander une grosse côte de bœuf bleue avec des rognons. Ce n'est pas parce que je ne mangerai pas de cette volaille que je vais faire la gueule — de toute façon elles ne sont même pas demi-deuil. C'est moi qui suis demi-deuil. Et puis je n'ai pas envie de me retrouver coincée à table avec cette bande de hussards ivres morts pour les remercier de partager ces oiseaux. Je ne mangerai plus d'oiseaux. Je reste à rêvasser devant l'os de ma côte comme le font les saints devant un crâne. Je commande en supplément une grosse omelette aux champignons et un deuxième litron de Cheval Blanc. Mettez-moi du pain grillé frotté à l'ail avec la salade. Qui disait : *Une vraie salade à l'ail, vraiment à l'ail, c'est quelque chose.*

Un chanteur ?

C'est bon pour le sang, l'ail.

Réfléchissons.

La bonne idée serait que l'héroïne ne bouge plus. Elle reste à Ruffec. Terminé Paris. En exagérant, elle réussit à transformer l'auberge en un monde et le temps passe pour l'éternité. De grands écrivains l'ont fait avec un simple comté, trois routes et dix maisons. Chaque nouvel arrivant prendra un rôle. On décrit toujours des héroïnes en cavale, il faut bien qu'elles mangent au passage. Chaque jour c'est cinéma permanent. Ça entre, ça sort ; il y a des portes qui claquent. On oublie au fur et à mesure. C'est la vraie vie. Prenons une autre part de ce pain perdu à la groseille, avec une goutte de marc.

Merci.

Le risque, c'est de rester pour l'éternité dans *Scènes de la vie de province* et de plonger dans la vie secrète du notaire — enfant naturel de la belle-sœur du fils bâtard de l'abbé M. —, de m'éprendre du fils de famille ruiné du minuscule château qui domine la petite ville. Recommencer les rêves de départ à l'infini, quel enfer. Il faudrait s'enfermer dans cette auberge et ne se lier qu'avec les voyageurs de passage. Commençons tout de suite en faisant passer par la serveuse un petit papier plié où le soudard le plus acceptable, petit anneau d'argent à l'oreille comme les soldats de l'an II, trouvera le plan d'accès à ma chambre, près de la solive centrale — faites six pas et c'est ma porte.

Autour de Ruffec, la nature est triste. Les gens disent que c'est un microclimat. Dépressif? Les jours passaient à pas grand-chose. J'étais pâlichonne, mais mes grosses anglaises châtain clair attiraient les autres comme des mouches. J'avais une robe genre petit frac d'été en satin bleu, des bas de soie jaunes pour me rendre enfantine et facile d'accès. Mais attention, j'étais bonne en duel.

Certains soirs, même sans boire, je voyais en clignant un peu des yeux des soldats en uniforme bleu Nattier à galons argent, perruque poudrée des Gardes françaises, de grandes chopes d'étain, foin par terre, et les reflets d'or du grand feu sur la voûte dans mon œil. J'aimais déjà le fils de l'aubergiste. Je m'y entendais en omelette baveuse et steak au poivre. J'avais pris racine dans ce coin. Très vite, parce que je m'attache très vite — je plonge dans les yeux de ma conquête des filins infinis en une seule fois. Des étoffes, des bruits mélodiques et répétitifs, quelques mouvements de cape, et les yeux vous regardent pour toujours. Les yeux vous regardent pour toujours. Je crois que je pourrais rester là pour l'éternité.

Je vous épargne la description de la fin du voyage aussi lent qu'une diligence. Un écrivain du temps de Balzac avait mis 71 heures pour faire ce même trajet. Quel exil après la forêt quasi amazonienne que je quittais pour mon malheur. Plus de chants d'oiseaux, de craquements de branches, plus de totems, ni de petits dieux qui vous parlent de tous côtés ; profitons de ce voyage pour changer de mythologie. On voyait défiler le paysage — avec ces jardinets qui bordent les chemins de fer. On attrape par fragments successifs la tristesse des zones périurbaines : petits potagers alignés, mini-serres en polyane gris avec arceau de métal, resserre de bois peint, labyrinthes d'allées minuscules pour organiser chaque lopin en planètes séparées. Avec d'infinies variations ; couleur jaune passé ou rouge brillant des toboggans ; fil à linge entre deux pommiers à demi morts ; murets inachevés de parpaings pour projets de niches en dur. Ça me brisait le cœur sans savoir pourquoi — et je ne pouvais pas le dire à ces gens qui remplissaient le compartiment.

J'utilise ma technique d'absorption dans Maintenant — et je me tais. On allait arriver dans la capitale et il fallait que je fasse attention à ne pas m'émouvoir à tout bout de champ ; à tout commenter avec enthousiasme. Du sang-froid. J'ai vu des gens se casser les dents par excès d'émotion. Il fallait que j'arrête de trouver n'importe quoi extraordinaire. J'avais retenu une curieuse expression pour caractériser l'impeccable froideur d'un dandy : *être chaîne de puits.* Je dois m'y employer dès maintenant. Cette verticalité glacée a un avantage, elle produit paradoxalement de la chaleur sur les autres, une crainte mélangée à de l'attirance, comme les vapeurs de la notoriété. Il faut travailler ses températures.

Heureusement les conversations se tarissent et les provisions s'épuisent ; il ne se passa plus grand-chose jusqu'à la fin. Les voyageurs dodelinaient de la tête en dormant. On n'était plus vraiment dans un Balzac et il n'y aurait pas sur la route un arbre tombé au travers du chemin de terre avec des brigands surarmés. Moins inquiets, les voyageurs regardaient le paysage avec indifférence ; ne craignant rien d'hostile, plus rien ne trouvait grâce à leurs yeux.

La ville n'avait pas changé vraiment. En regardant par une fente minuscule ménagée dans le creux de mes doigts arrondis en forme de lorgnette — à la manière des premières chambres noires — technique plus élaborée que le simple plissement d'yeux, on arrive à reconstituer la forme d'une avenue. En supprimant les détails qui permettent de dater, affiches peintes, type d'éclairage, devantures des magasins ; comme si on pouvait superposer à un monument son dessin. On retrouve moins son plan d'origine que l'histoire entière de ses transformations. Est-ce qu'on peut faire ça avec des êtres humains ?

On arrive à l'été, c'est très beau. À l'entrée des faubourgs, les maisons s'enfoncent en perspective vers le centre de la ville ; on voit la grand-rue d'un ancien village avec sa porte monumentale vers la ville enfermée dans ses remparts et de l'autre des champs fleuris à perte de vue ; clos de murs pour y tournoyer à cheval ; ça fait un espace large aujourd'hui encore — même s'il n'est plus divisé de barrières d'octroi —, rempli d'agitation de chaque côté de la porte, encombrée de marchandises et d'énormes chevaux de trait ; avec deux peupliers dans le soleil.

On se fait un chemin au milieu des hurlements. On grimpe les étages en direction du garni prévu. Et on ouvre grand les fenêtres — la ville était si chaude. Je ressentais les vibrations de chacun — un système tactile autonome ? L'admiration ? Ça dégage suffisamment d'énergie pour envoyer des messages. Je propulsais des engins, des pigeons voyageurs dans toutes les directions. Ils revenaient me roucouler les secrets à l'oreille.

Ça tourne et ça s'infiltre.

Il y a beaucoup de sas, de tourniquets ; des escaliers mécaniques qui ne s'arrêtent jamais. On s'étonne de tout. Il y a des portes qui paraissent inutiles à première vue, une deuxième au bout d'un tout petit corridor ; celles qui se doublent d'une autre à l'entrée d'un bureau ou d'une salle de réunion. Certaines, en verre, sont les plus rassurantes ; on ressent une sensation de paix et de confort quand elles se referment doucement dans un clic impeccable — avec le son spécial des fermoirs de laque des poudriers d'autrefois.

6.

Très vite, si on a bien suivi le roman, on a foncé dès l'arrivée chez le meilleur tailleur ; qui s'avère être un appartement immense dans une rue calme des Champs-Élysées, où l'on trouvait de *second hand,* sur des portants, toutes les panoplies pour passer inaperçue au milieu de gens bien habillés. La collectionneuse-vendeuse s'appelait ? Anouchka ? Elle me conseilla une série de combinaisons plissées et usées. Couleur mur. Mais rajoute du rouge à lèvres. Bien.

J'avais trouvé une chambre de bonne au 8e étage dans le quartier du parc Monceau ; en se glissant par la lucarne, on pouvait accéder à une corniche étroite ménagée sur le toit de zinc pour les passages des couvreurs ou de ramoneurs-alpinistes ; en se penchant, on voyait une curieuse rotonde à l'entrée du parc. On dirait un théâtre grec égaré dans le monde moderne. Mais il y a deux siècles, au moment de sa construction, ce petit bâtiment avait déjà été conçu comme une survivance, m'avait expliqué le concierge. Ou une ruine. Ou une découverte au milieu de la jungle. Un obélisque enfoui dans le sable. Le propriétaire devait attendre de ses visiteurs le même choc, en attendant le dîner, qu'un explorateur tombant nez à nez avec un temple entièrement dissimulé par la forêt. Un concierge historien ? Il fallait y penser. Et où est sa bibliothèque ?

Je me dis tout ça étendue sur le lit à une place. La tête calée sur un oreiller, plaid écossais, mange-disque orange par terre, cage à canaris par la fenêtre. On dirait un saint au travail dans sa cellule ou un garçon étendu des heures dans une chambre sous les toits dans un film noir et blanc. Le bureau de notre saint est une cage à roulettes au milieu d'une cathédrale. Il y a de la place, c'est inspirant. Mais ici je me sens un peu serrée. On ne peut que dormir ou subir un afflux de questions. Ça n'a aucun intérêt d'être seule ; je n'ai que des idées sinistres.

Le disque s'enfonça dans la fente avec un miaulement de chat écrasé. Certaines musiques me serrent le cœur. Toutes les musiques entendues la première fois, si on n'est pas à l'échelle, me frappent. Enfant jouant aux cubes sous un piano ; plainte d'un poisson à qui l'on décroche l'hameçon ; ouverture d'une petite porte sur la tribune d'un orgue gigantesque.

On peut à peine se tenir debout — le lit bateau prend tout l'espace. Je n'ai rien à faire. Pourquoi raconter sa vie à toute vitesse ? Pour en extraire plus vite la morale ? Il ne va rien rester. C'est une maladie ? C'est quoi l'idée ? Roman de quoi ? Je n'ai plus le temps de vivre, puisque je vois la fin de chaque chose en accéléré à chaque fois. Disons que je n'en vois que le plan. Ça raccourcit la vie. C'est idiot, si jeune. Oui, mais si la vraie vie est dans les livres — je l'avais lu quelque part —, alors, ça dure le temps de quelques chapitres. Et si le livre est petit ?

Je fais des rêves sans queue ni tête. J'étais dans un tableau ; ça arrive. Entrez donc, *faites seulement* (il était suisse) répondit l'ange qui s'était glissé dans le lit tout chaud de sainte Ursule ; Ah Ursule, ça veut dire petit ours ? de duvet d'animaux doux, mais oui, mais oui ; courtepointe fraîche, un demi-pied à l'extérieur du lit, les mains repliées en angle pour se rassurer ; et il s'endormit (l'ange). Il en oublie sa mission, l'annonciation à l'envers ; je t'apporte un lys pour ton… enterrement, qu'est-ce que je devais faire ? se demande l'ange dans un demi-sommeil. Oh j'ai retrouvé ma chambre noire. C'est le contraire. J'enlève mon armure. Et elle s'endormit.

Si on rêve, c'est souvent sans paroles. Même si des mots s'affichent sur ces morceaux de films qu'on garde en soi, des mots en blanc — on en voit couramment maintenant s'afficher sur les images partout, même dans les publicités qui ont entièrement dévoré presque encore vivants les inventeurs de l'avant-garde. La mafia fait pareil en dissolvant des corps entiers dans des citernes d'acide.

Et le rêve se poursuit.

J'arrive trop tard dans le capitalisme *tardif*.

Dans le rêve ce mot sonne comme un bruit de pintade faisandée — qui se détache toute seule de la corde qui la tenait suspendue.

Et s'écrase sur le carrelage.

Ne sors pas du lit.

Le rêve repart en arrière.

Un parcours à refaire sans cesse, comme dans ces jeux où l'on glisse les doigts frénétiquement sur une surface de verre. On glisse son doigt sur la vitre de l'aquarium pour faire bouger les poissons.

Un aquarium dans le noir.

Une vitre sur un lac noir.

Je déteste les lacs.

Je n'aime pas les secrets.

Le soir en haut des immeubles *on voit chez les gens* des pièces éclairées — une lampe tordue par la perspective éclairant un coin de plafond, et un pan de bibliothèque sombre. On devine des gens calmes et silencieux assis dans des fauteuils profonds — au fond de l'image sans rien faire.

On peut les faire bouger avec les doigts.

On peut fermer un peu les yeux pour donner aux choses un aspect opalescent — on s'enfonce dans les tapis persans.

Opalines et candélabres.

Portraits d'anciens élèves : Byron ? Shelley ?

Argenterie aux armes de qui ?

On fait glisser la carafe de porto sur la longue table en acajou sombre.

Dans le sens inverse des aiguilles d'une montre.

7.

Faut se bouger. On va pas rester effondrée comme ça. On peut avoir une petite descente. C'est autorisé. C'est même conseillé. Tout le monde vous le serine ; après la pluie le beau temps.

Absolument.

Je suis venue pour quelque chose dans cette ville. Il doit bien y avoir quelque chose que je devrais être obligée de *réussir* ?

Mais quoi ?

On utilise la seule lettre de recommandation qu'on avait cachée dans la doublure de sa veste de voyage en daim retourné, alors, automatiquement on rencontre les meilleures personnes possibles. Et, le soir même, on est dans le Saint des Saints. Déjà on vous salue à l'entrée avec déférence, une caisse de bouteilles est à votre nom. Des liquides de couleur sont préparés pour vous dans des flacons aux formes étranges — disposés dans un petit placard en bois dont vous seule avez la clé ; placard qui vous permet aussi de choisir une tenue en fonction de l'heure, de l'ambiance et de l'avancement de la soirée. Avec des étages et des caves où à chaque niveau la musique change d'intensité, on s'enfonce dans les basses profondes, on grimpe vers les zones de haute fréquence. On change de style à vue d'œil.

On monte et on descend.

Au moment où je croyais qu'il n'était encore que deux heures, il était déjà cinq heures et demie du matin. Les découpes métalliques des fabriques qui s'espaçaient dans le parc, les lumignons qui dessinent la courbe d'une passerelle, les feux de circulation m'envoyaient des coups de rouge cadmium intense. La drogue de synthèse que j'avais prise pour retrouver cette diffraction de l'espace fonctionnait à merveille. Le fond bleu laiteux et le vert gris des pelouses, légèrement alourdies par l'humidité, faisaient un fond idéal à ces événements rouges. L'émotion visuelle tailladée, comme vibrante et hachée, me disait quelque chose — comme mon-frère-mon-frère. Télégraphie ? L'atmosphère parle ? Déjà bleu-gris, avec du vrai bleu qui vient, derrière ce bleu. Et des lettres rouges dessus. On voit des choses apparaître. Les yeux fermés, on déplie une série de personnages à partir d'un point lumineux sur l'écran noir ; le cerveau reconnaît progressivement un papillon ou un tank dans une tache d'encre — et le voit *vraiment.*

C'est là où je l'ai vu. J'allais me perdre définitivement dans mes pensées, et voilà un jeune homme au visage aigu, les yeux verts, les pommettes saillantes. Il parle en déplaçant sans cesse les accents toniques en mettant soudainement une majuscule à Un mot. Il avait un air de famille que je ne m'expliquais pas.

Il habite rue des *Martyrs.*

Escalier raide.

Enfin.

Je l'ai retrouvé, ça y est.

Allons-y.

Il y a une chaise cannée dans un coin avec un papier-écriteau posé sur le siège

Attention cette chaise est pétée

Il me manque tout de lui, alors je préfère reconstruire l'ensemble à partir d'un ou deux petits éléments vrais. Tout refaire à partir de trois mots écrits en capitales aperçus à la dérobée sur le chariot d'une machine à écrire dans une chambre d'été — volets fermés avec des rayons qui, aussi précisément que le laser d'un fusil, venaient poser des points rouges sur les coussins verts d'un canapé dans l'angle sombre. On retrouve une chanson disparue, on accumule des détails, un peu comme on dessine par traits de crayon successifs un portrait-robot. Et homo factus est.

Des mots écrits en capitales. C'est Capitale de la douleur ?

Il y a joie écrit en gros.

On reconstitue.

À partir de formes on referait des volumes ; on referait les lumières, le bruit, les odeurs et la sensation de l'espace au moment où, par exemple, des gens chantent un soir autour d'un piano. Ça fabrique des boules de souvenirs et d'impressions, des pelotes, un hérisson ; ces petits bouts de choses qu'on enroule les unes dans les autres.

Appartement assez joli. Un côté Directoire : boiseries grises écaillées à mi-mur, parquet de guingois, petit cartouche effacé en stuc rectangulaire au-dessus de la cheminée avec troupes d'anges armés. Puisque les fenêtres étaient à grands carreaux, il avait peint des croisillons blancs sur le verre.

Pour faire comme autrefois.

On dirait une vie avec un frère.

Va me chercher des Francforts (pas des Strasbourgs) et des *matches* pour dire allumettes. Non, finalement on va se faire des Steacks Au Poivre — passons dans la petite cuisine sombre.

Tu fais chauffer ta poêle à mort. Gros sel, fumée, on ouvre la fenêtre. Paf, paf ; jeter une poignée de poivre en grains que tu as écrasé à coups de marteau dans un torchon. Tu balances les steaks. Assiette, et tomates coupées en huit sans rien.

Tout ça sans un mot. Juste les verbes à l'infinitif. Chauffer, Ouvrir, Balancer, Écraser. En insistant sur les syllabes : É-cra-zé. L'ensemble chantonné ; ambiance bivouac de western dans un appartement — fumée. Et ouvrir encore la fenêtre *à l'heure où la cour interne unit, par l'arôme, les dîners.*

8.

On sortait tous les soirs. On avait une *Dauphine* gris souris. On était bien habillés ; on s'amusait. Paris à nous deux, c'est toute une entreprise. On enfile le costume ultra-serré frais ; le petit pourcentage de stretch donne l'élasticité idéale pour courir et danser. J'avais l'impression d'être un jeune homme, plus du tout une fille. Il n'y avait pas de sexe.

Du sexe en camarades.

On dévale les escaliers comme ça bras dessus, bras dessous et on glisse dans la ville en voiture à fond — un traîneau fait des S sur un lac gelé. Des merles nous accueillent en haut des marches, et nous voilà projetés dans une comédie musicale où les héros dansent au plafond.

On redînait vers huit heures du matin dans un restaurant tout en carrelage blanc.

On était invités partout.

Création d'*Aventures* pour trois chanteurs ; on avait des billets — on chantonnait en arrivant. Beau concert, la qualité de l'écoute était telle que l'on entendit une mouche voler au premier balcon. Mon frère trouvait la situation absurde et ridicule, ces applaudissements polis, ce silence de mort, ces fauteuils rouges, et ces dorures partout ; il ne manquait que les gardes républicains en grande tenue postés en cascade sur l'escalier d'honneur. C'est vrai que jouer une pièce contemporaine en habit et robe du soir est une coutume étrange. En même temps, je lui dis, ça pourrait être pénible de se plonger dans le chandail angora rose du premier violon ou dans le nœud papillon gigantesque du timbalier. Tout le monde en noir, ça calme. Non ? On discutait à l'entracte. Et patati et patata. Il n'y a que la mode qui soit intéressante. Et puis on n'avait pas besoin absolument de se parler pour se comprendre.

Les mélomanes, pour se refaire un corps neuf prêt à écouter la suite, fumaient une cigarette ou deux, avalaient un petit pain au lait au jambon, arrosé d'un rapide coup de blanc glacé. La bouche pleine, personne ne voulait commenter la pièce — il était acquis qu'elle était sublime. Ce qui par chance était vrai. Quand les choses sont belles, même les rituels rasants qui les entourent deviennent émouvants.

Eh oui, c'est hmmmmm, me dit, dans un hululement de plaisir, une femme longiligne et austère à grosses lunettes Peggy Guggenheim. J'appris — par une voix opportune qui se glissa dans mon oreille — que c'était l'une des donatrices qui finançaient généreusement le concert, et du même coup… que c'était un grand honneur de me présenter à ces déesses. Elles sont presque siamoises, si vous voyez l'une, vous voyez l'autre, poursuit la voix.

Elle me fit tendre par la main de l'assistant, un type en costume gris au visage lunaire, un carton écrit à la main à l'encre or — avec grosses lettres, faussement enfantines : *En l'honneur de William Burroughs, un drink,* l'heure, *Venez !* signé *Marquises de Babili.* Tout en désordre.

Venez avant l'ouverture qu'on se parle un peu.

Nos deux jumelles, marquises au carré — et grosses actionnaires Michelin — complètement sourdes, habitaient dans un hôtel de Neuilly de plain-pied sur un jardin de buis impeccable, redessiné par Russell Page. Le genre bassin en ciment brut sur rectangle de gazon, avec lignes de petits carrés de tilleuls taillés.

Façade néo-Grand Trianon en biscuit rose avec panneaux bleu ciel contenant des frises en stuc meringué avec scènes antiques : Colisée en réduction, Spartiates à la charge, Déesses au bain, Anges porteur de message énigmatique.

Biscuit de Sèvres.

Accessoires autour à l'avenant.

Carafe de Spritz orange vif.

Triplés carlins sur corbeille peau de porc Hermès de la même couleur.

Chaussures du soir en poil d'ours moka à incrustations de lazuli vert pomme.

Asseyez-vous.

On dirait que douze Premiers ministres se sont retrouvés coincés exactement là, au bout de ce canapé dur — devant une reine immuable.

Bien bien bien. Qu'est-ce qui vous servirait le plus comme bourse ? dit l'une.

C'est pas joli *bourse*, ça fait Petit Chose. Une subvention ? dit l'autre. Non non, je veux juste savoir, poursuit la n° 1, ce qui serait l'idéal pour une fille comme ça. Une jeune artiste, combien ça coûte ?

Beaucoup d'argent sur un temps X, je réponds.

Ah très bien, dit-elle, très bien, très bien. Je vous demande ça en général. Juste pour savoir.

On vous a fait venir pour avoir cette information, c'est tout, renchérit la 2. Mais restez à la réception après.

On montre Burroughs, c'est l'occasion, on ne le sort pas tous les jours, insiste la n° 1.

Une pièce aussi vivante, ça s'abîme.

Même s'il est dans la collection permanente.

Une antique moderne.

Charles, donnez-lui du Spritz, hurle la n° 1.

Vous connaissez Lisette ? me demande-t-elle.

Elle est du genre de Lisette, dit la 2. En brune.

Cette Lisette est un génie possible, glapit la n° 1 à mon intention, une jeune fille moderniste formidable, il faut absolument qu'elle fasse des performances et qu'elle arrête ses vieilleries littéraires, c'est grotesque — elle n'y arrive pas, elle est décidément indécrottable, cette pauvre petite.

Post-ancienne, c'est ce qu'il y a de pire.

Province, beaucoup trop province, coupe la n° 2. Elle n'en vaut pas la peine. D'ailleurs elle n'aurait pas dû dire que c'était *Pavie* son vin préféré, c'était ma dernière bouteille de 61. On a bu ça comme du jus de pomme, c'est dégoûtant. Finalement les artistes sont moins agréables qu'avant. Il n'y a pas à tortiller. Regardez Gilbert & George, ça c'était des gens charmants.

Aucune colonne vertébrale, ces petits nouveaux, renchérit l'autre en criant.

Ça m'épuise, dit la première.

J'apprends que Lisette est La fille — l'espoir du moment. Et que ce n'est pas encore mon tour.

L'hôtel particulier bâti à la fin du siècle se voulait une copie du XVIIIe, mais en lourd, un peu comme le Castellane qui s'était fait un palais rose au bout de l'avenue du Bois, avec ascenseur dissimulé dans les colonnes doriques. En vieillissant, nos deux amies s'étaient un peu relâchées — sur les commodes Boulle qui ornaient jadis les coins de la chambre royale, on accumulait des piles de *Jours de France*. À côté des grands brûle-parfums Imari traînait la photo du neveu anorexique ; des coussins de chintz ordinaires mais confortables recouvraient le canapé signé BRVB. On avait installé provisoirement depuis déjà des années une paire de fauteuils relax à roses jaunes géantes ; un petit humidificateur modifie et pulse l'air en direction du grand tapis de la Savonnerie, représentant Junon se faisant courser par une troupe de soudards romains.

Ça se termine mal à l'angle droit.

Si on se faisait construire un truc vraiment moderne, par un type du style de Rem Koolhaas, reprend la n° 2. Avec un beau parking au sous-sol jardin d'hiver. Ça nous moderniserait, on devrait acheter —

Acheter, acheter, je n'en peux plus, coupe l'autre. Je n'en peux plus de cette course au contemporain, arrêtez, ça m'épuise. Tout vieillit trop vite à force. Regardez-moi cette caisse en bois de Rauschenberg, on dirait que ça a mille ans, je n'en peux plus de toutes ces vieilleries. Et puis si on a construit un musée, c'est pas pour avoir des œuvres d'art chez soi.

C'est très petit-bourgeois, non ?
Les gens qui exposent leurs achats aux murs.
C'est dégoûtant.
Décrochez-moi ça.

Il n'était quand même pas mal, ce Rauschenberg, dit la 2. Je le regrette déjà.

C'est vrai qu'il y a quelque chose, dit la 1, ça me rappelle — en beaucoup moins bien — les petites boîtes égyptiennes au Met. Ça c'était du grand funéraire, au moins ça servait à quelque chose. C'est pas l'école des Beaux-Arts. Je n'en peux plus de tous ces petits trucs rikiki.

Vous n'allez quand même pleurer, dit la 2. Ça reste de l'art quand même.

Si, reprend la 1 avec une voix funèbre, dans une des boîtes il y a un jardin en réduction, des arbres, on dirait de la pâte à modeler. C'est splendide. Le plus beau c'est que la tombe où étaient bien rangés tout ces petits trésors censés accompagner le mort en voyage a été pillée —

Dis donc, si on veut se faire enterrer avec les Gilbert & George, il faut agrandir le caveau, coupe la 2.

Rires.

Ils ont tout fichu par terre, toutes les petites boîtes, les maquettes de bateaux, les petites maisons en terre, on voit ça sur les photographies. Il y a cet admirable désordre avec tous ces petits soldats, ces vaches en réduction effondrés. Tout un peuple sous un bombardement.

Les pilleurs sont des artistes involontaires, poursuit la 1. avec une voix lyrique.

On dirait une boîte de jeu *Tsunami* ou *Guernica*, ajoute la 2. Vous n'imaginez pas comme c'est poignant. On voit ça sur la photo. C'était quelque chose de tellement moderne.

Vous prenez une salle de musée, vous cassez tout, on referme, on laisse vieillir des siècles et on ouvre, s'écrit la 1 enthousiasmée.

Comme Lord Machin avec la tombe de Toutankhamon, dit la 2.

C'est une bonne idée d'inauguration, dit la 1.

On lâche des gens méchants dans le musée.

Vous avez 30 mn pour tout démolir.

Notez ça, dit la 2, à mon intention.

Vous savez, n'hésitez pas à noter quand on dit quelque chose d'intéressant.

C'est terminé l'époque gentille, Noailles et compagnie.

On ne sait plus où on est, on cherche des gens qui nous culbutent historiquement, dit l'une.

Ah ah ah, hurle l'autre émerveillée devant la justesse de cette formule. Tu te souviens quand on avait déjeuné chez Ultraviolet sur le parc et qu'elle avait balancé des fauteuils Eileen Gray par la fenêtre.

Et un Rothko marronnasse, ajoute l'autre encore, dans un rire énorme.

Vroooom, ça faisait cerf-volant.

Quelle époque !

Si on s'éloigne, en marchant en arrière, comme on le fait pour quitter une reine — assez vite, on ne sait plus qui parle. Un brouhaha. Elles parlent une langue inconnue. Celle des deux sauvages armés de massues de bois qu'on voit sur le blason peint au-dessus de la cheminée ? On y passe à toute vitesse de nom en nom avec autant de virtuosité qu'un vendeur aux enchères psalmodie les chiffres. Il faudrait inventer une expression pour décrire cette conversation sportive : comment faire pour passer de Sabran-Pontevès à Chasse à l'ours au Spitzberg ? En faisant un détour par la maison de je ne sais pas qui, via je ne sais quelle anecdote. Et hop, on est sur la banquise.

Ça se chante à deux voix, comme un concours de souffle.

Si l'on ferme un peu les yeux — tout en reculant — et que l'on dirige son oreille gauche vers un petit bruit dans la pièce, frottements de pieds, porte qui grince, il reste des formes.

Des mots en forme de choses, des phrases dont on entend juste la courbe — ça fait des visages. C'est beau.

9.

Tout le monde parle en même temps, pour dire à peu près la même chose, ou tout au moins participer à un concert involontaire. Chacun joue sa partie, des domestiques entrent — ballet autour des vieilles dames. Il y a des instruments acides, d'autres tonitruants, comme si on leur avait fixé un pavillon au bout des lèvres pour augmenter leurs cris. Au fond de la pièce, on entend la basse continue feutrée du gestionnaire de fortune, récitant les cours du Dow-Jones — entrecoupés par des *Mais tout va bien madame la marquise*, en basse profonde. À intervalles réguliers, on l'entend s'écrier avec une voix de crécelle — comme s'il était pris d'une pulsion incontrôlable : Et mon yacht ! et mon yacht !

On fait une pause, dit l'une.

C'est l'heure de notre performance du soir.

Il y a un jeune homme qui vient chez nous pour nous border.

Depuis trente ans.

Il nous fait son petit conte.

Hi hi hi.

Des potins, mais grandioses, avec les décors. *Point de vue et images du monde*, mais en grand.

Des anecdotes du tonnerre.

On s'endort en paix.

Passez-moi la liste des fusillés.

Et au lit.

Il y avait ça dans *Le Figaro*.

On aurait dit des résumés. Avec le nom des gens.

Matinée chez la princesse de ****; Machinette a chanté du Fauré, etc.

Mais c'est un peu court.

Ah, raconter, ce n'est pas rien.

On lui a donné un milliard en assurance-vie.

Mais pour lui, c'est le goulag.

À son échelle.

Rires.

Absolument, à dix-sept heures pétantes, il doit être là avec sa chronique.

Sinon, couic, les subventions.

Entrez mon petit Victor.

Il est insolent, mais soumis.

Il s'appelle Michel en fait.

Il est blond comme les blés et maintenant il s'habille mieux. Un peu trop drugstore quand même, genre Castel, on ne peut même pas l'emmener à Mortefontaine.

Au golf, dit l'autre, à mon intention.

Ce n'est pas le titre d'un poème, dit n° 1, à mon intention aussi ; c'est un club de golf.

C'est vrai que Mortefontaine, ça fait titre de poème. Faut arrêter les livres, ma petite, c'est vieillot.

Et mon yacht, et mon yacht, arrêtez de répéter ça, dit la 2 au gestionnaire de fortune qui parle tout seul les bras levés au fond de la pièce. On n'est pas sourdes. Vous nous prenez pour des gâteuses ou quoi ? On va finir par vous le supprimer, votre yacht. Et le donner… à Michel.

Vous aviez dit que vous me donneriez l'île, bégaye le blondinet au teint de cire.

Quelle île ?

Il parle de quelle île ?

Mais on n'a jamais eu d'île.

Mon île ! Mon île !

Vous êtes ridicule.

Arrêtez avec ce refrain

Vos chaussures rebiquent.

Quoi ?

Re-bi-quer, elle décolle du sol vers l'avant ; Et beaucoup trop pointues. On dirait un employé de banque.

Avec un milliard, vous ne pouvez pas vous acheter des chaussures correctes, glapit la n° 2.

Qui vous a acheté la doudoune ? hurle la 1. Matelassée en crocodile chiffon vert-de-gris ?

À *125 000*, hurle la 2.

De la doudoune sérieuse.

Et la montre *Dressage,* bracelet en alligator mat havane ?

Et on porte des chaussures comme ça ? Qui rebiquent. C'est insupportable.

Il fait la tête maintenant.

Ah ça n'aime pas la critique.

Allez-y, mon petit Victor ! Détendez-vous.

Et comment s'appelle notre livraison du jour ?

Mon prénom c'est Michel, dit-il d'une voix faible et hésitante, le-le-le titre au-aujourd'hui, c'est

Hélie et Martine

Mais c'est alléchant, ça ?

C'est Martine qui ?

Ah bon.

C'est une autre Martine.

Je n'aime pas les contes avec des gens que je ne connais pas.

Parlez distinctement dans le micro, merci.

Elles se calment, s'installent sur les relax et croisent les mains sur le même plaid, couleur tartan vif.

Le petit commence à lire son papier avec une voix traînante :

Pour maintenir l'agrément des relations de voisinage, ou plutôt pour tenir leur rang comme ils se le formulaient en secret, Hélie et Martine, n'ayant pas une maison assez imposante, décidèrent de créer un jardin. *Une vraie maison de campagne*, disait avec condescendance le propriétaire du château le plus proche qui se trouvait être non pas le descendant d'un grand mémorialiste du XVIIe ou l'arrière-arrière-petit-fils d'un grand ministre du grand Conseil privé, ou le descendant direct d'un grand-maître de la Garde-Robe, comme cela aurait été convenable pour le propriétaire d'un monument historique — mais un *chausseur*. Un chausseur, même de génie, et même si c'est le créateur du talon zigzag, dans le milieu d'Hélie on trouvait ça un peu fort de café. Cette alliance les mettait en danger.

Les deux avaient de petits soubresauts de plaisir à chaque référence.

Bien commencé mon petit Michel, encore, encore, dit la 1.

Tea-time, dit la 2.

Une porte s'ouvrit — dissimulée dans la grande tapisserie de Beauvais représentant l'arrivée d'un vaisseau vue d'une terrasse remplie de personnages en armures et en toges —, laissant entrer un chariot rempli de gâteaux à tous les étages et surmonté d'un samovar monumental en argent massif poussé par un valet en habit à la française.

Perruque poudrée.

Michel, on fait une pause, si vous voulez bien. On a horreur d'écouter la bouche pleine.

Le petit Michel reprend sa respiration et attaque la suite de sa récitation :

Des gens qui ont le temps, même deux jours, de venir au fin fond de la campagne sont déjà à la retraite du monde. Notre chausseur célèbre, lui, avait dépassé les bornes en y restant une dizaine d'hivers. Il vivait avec le fils de la postière qui servait à tous les rôles possibles que l'on peut imaginer entre deux êtres humains livrés à eux-mêmes. Après son service, il partait chaque soir en expédition. Il hantait les fermetures de débits de boissons-épiceries pour essayer d'embarquer un jeune électricien prêt à descendre aux oubliettes sans bougie. Cherchant des têtes rondes et des expressions butées aussi désirables pour lui que le serait une jeune fille bras croisés en robe à fleurs sur la terrasse de bois de sa ferme par un jour d'été brûlant — pour un hétérosexuel à la conquête de l'Ouest.

Ce que j'aime chez vous Michel, ce sont les digressions, coupa la n° 1, rouge de plaisir. Il est fort en détails, ajouta-t-elle à mon intention.

Notre Hélie, reprit le récitant, notre Hélie fasciné par tant de liberté — trouvant la chose très Gilles de Rai —, les invitait souvent au grand dam du voisinage. La première fois le secrétaire-amant se rendit au dîner en culotte noire et bas de soie noire, et, devenant rapidement ami de la maison, on le retrouva assez vite debout au milieu de la cour d'entrée — pissant, les jambes écartées, l'équivalent de la bouteille de cognac qu'il venait de s'enfiler à la verticale. Je ne l'ai plus vu ensuite qu'en survêtement rouge, pas rasé, avec une vieille mobylette bleue : la tenue de chasse idéale. Il ressemblait à ses proies en un peu plus vieux. Les gens l'aimaient beaucoup. Il avait gravi pas à pas les échelons sociaux grâce à son exceptionnelle ténacité sexuelle — c'est ce qu'il m'avait affirmé lui-même — mais restait près du peuple, jouant à la fois le rabatteur et le seigneur. Il préférait, même si la fille Kennedy passait facilement le prendre en hélico sur le haut de la motte féodale, affréter l'ambulance-taxi du village conduite par le garagiste pour aller dîner à 200 km. C'est plus pratique pour rentrer ivre mort à l'arrière. Bref, Hélie et Martine, croyant utiliser à bon escient le principe de plaisir aristocratique de déplaire, crurent qu'ils devaient afficher, vis-à-vis des notables, cette relation pour manifester leur liberté et donc leur supériorité absolue. Mais —

C'est là où ça se complique. Excusez-moi, je ne me sens pas très bien, balbutia le petit Michel.

Mais qu'est-ce qui vous arrive ?

C'est trop — trop compliqué, parce que je ne sais plus ce que je voulais raconter en fait.

Expliquez, dit la 1.

Je ne sais plus au fond si ces gens font un jardin pour se venger du chausseur ou pour plaire aux châteaux voisins.

Vous êtes idiot, ça n'a aucune importance, poursuivez, dit la 2.

C'est trop long, hurla la 1. Vous vous perdez dans des détails. On dirait de la poésie, c'est atroce.

La chute n'est pas mal quand même, dit la n° 2 avec mansuétude.

Vous racontez des histoires beaucoup trop loin de nous. C'est trop province.

J'adore les chutes des autres. Mais pas trop loin de nous. On vous paye une fortune, ce n'est pas pour ressortir des trucs d'avant ; le monde a changé. Même deux vieilles comme nous — alors qu'on ne sort plus — on est au courant. On n'est pas les frères Goncourt ; on va vous couper la tête si vous n'êtes pas assez moderne.

Hi, hi, hi.

Vous savez ce que disait Andy sur Burroughs : Il a fait *Le Festin nu* et après terminus.

C'est vache, mais c'est pas faux.

On l'aime quand même.

On l'a acheté avant.

On a l'œil.

On l'a cryolisé.

Et on l'expose.

10.

Respirons quelques instants sur la terrasse.

Un jardin d'hiver ?

Chaque verre de l'immense véranda a une courbure différente pour s'adapter à la forme torturée de la structure de métal.

J'avais lu un compte rendu de cette prouesse dans le numéro spécial de *Connaissance des arts* consacré à nos jumelles excentriques.

Cinquante ingénieurs pour la véranda.

On aime le travail bien fait.

J'avais lu aussi que le designer avait imaginé une enveloppe de chêne clair dont les panneaux ajourés s'arquent avec douceur de part et d'autre du visiteur, telles des parenthèses. À la fois filtre et cocon, elle laisse passer le regard et facilite le dialogue entre le mobilier présenté et le monument qui l'accueille.

Où étais-je tombée ?

Il faudrait que j'enregistre tout ça.

Je vais m'appareiller avec tout le bataclan des infiltrés. Gaffeur sur la poitrine et micro dans les cheveux.

En même temps, c'est intéressant que, pour une fois, les riches s'intéressent à l'avant-garde.

Ça revient cette manie.

Ça les rend encore plus dominants de s'occuper de plus faibles.

Ça n'ira pas.

Je suis déjà trop démodée pour leur plaire — puisqu'elles croient que le moderne a existé et qu'il est mort pour ressusciter sous une forme désordonnée.

Je n'aurai pas mon argent. Que faire ? Il faut les flatter, tout en les snobant un peu, mais c'est difficile. Elles ont tout vu.

Collectionneuses, c'est intéressant, on est obligé d'avaler l'histoire plus vite que les autres pour être en avance.

Il faut des conseillers pour ça.

Des gens de tous les milieux.

C'est le seul endroit où la lutte des classes disparaît — au fin fond d'un château.

Un pénitencier pour artistes ? Je pourrais m'installer ad vitam dans ce rôle de jeune fille éternelle.

Devenir curatrice-éducatrice-esclave.

Et vieillir à l'intérieur.

On commence en Renoir, on finit en Bacon.

Je ne vais pas tenir.

Je me sens trop seule.

Même dans un roman très triste il y a des gens avec vous.

J'aurais aimé dégrafer lentement ma sous-combinaison qui dissimule le yatagan à double lame. Attraper le chenet et le balancer sur la brune en pleine face — d'un coup de fouetté du dos, je me fixe le petit blond à l'air louche à droite de la cheminée ; je fais une clé à une rousse qui s'approche avec un rasoir — je lui écraserai la tête dans le feu de cheminée.

Ou mieux : le C4.

La dynamite moderne.

C-45010A en pâte blanche ou verte.

C'est le moment que j'attendais pour appuyer discrètement sur le petit bouton-pression caché sous la table, comme elles font pour se plaindre de la lenteur du service au maître d'hôtel — mais par miracle elle est déjà là, quelle perle cette Aliette, pour resservir le gigot. Ce bouton n'actionnait pas une sonnette à distance ; il s'agissait d'un système électromécanique original, composé d'un programmateur complexe et d'un dispositif mécanique à bille, usiné pour l'occasion et sensible aux vibrations provoquées par le passage d'un train. Concrètement, on choisit à l'avance la date et l'heure, et on attend que le train arrive. Là il n'y avait pas de train, mais ça marcherait aussi. Et ça exploserait.

On voit que ça ne s'arrange pas. On a beau se programmer comme une bombe, se servir de romans pour mieux vivre ou s'identifier avec des êtres que tout le monde connaît déjà, ça n'avance pas. Quelle erreur. Je ne suis pas une héroïne. J'ai menti. Je ne suis pas entièrement une seule chose qui avance avec une seule idée en tête et qui se transforme à vue d'œil. J'ai l'impression d'être un buisson, plutôt, une fibre, un entortillement de câbles de soie et de nerfs tendres. Une machine à rêver en peau humaine. Je m'involue dans tout ce qui se passe et qui se referme sur moi comme un cocon. J'ai tellement accéléré les choses qu'il n'y a plus d'intervalles possibles. Et mon corps ? Et mon corps là-dedans ?

Je suis abandonnée par moi-même.

Et mon frère là-dedans ? Mon frère a disparu.

Je suis livrée à moi-même.

Disparu ?

Si je meure, avait-il écrit sur son testament posé sur la table.

Subjonctif ?

La concordance des temps.

Je n'y comprenais rien.

C'est essentiel pour un roman.

11.

Où l'on voit bien que les choses ne se sont pas passées comme je le raconte ici.

Pourquoi ?

Il n'y a sans doute pas d'autres moyens que de s'appuyer sur des histoires de héros connues de tous.

Les vraies sensations diffractées mais insistantes ne sont pas racontables, ce sont de petits tourments sans visage ; on ne peut s'appuyer sur rien.

Le récit pourtant a des tentacules.

Un peu comme une plante qui chercherait désespérément un tuteur pour grandir.

Et l'étouffer.

Un jardin d'hiver, c'est un massacre au ralenti. Tout le monde se dévore discrètement.

Chacun cherche son espace vital.

La guerre sous cloche.

Ce n'est pas racontable.

À moins de couper les choses en morceaux et de les coller ensemble à la dure.

J'ai besoin d'aide pour faire ça.

Il est où William ?

On se demande.

Burroughs avec une flèche par là.

Un GPS dans un carton, c'est joli, ça clignote.

Passez par le tunnel sous la piscine, vous trouverez le musée.

Il y a un verre après l'événement.

C'est inscrit en pictogramme avec des bulles en relief.

Les bulles bougent.

J'y vais.

Un musée chez soi, c'est pas bête.

Mais il faut traverser la galerie.

On descend sous terre, des vitrines éclairées présentent des objets quotidiens de la vie des Jumelles. Table de dînette en argent massif éclairée. Reconstitution d'une malle de voyage complète dans laquelle on aurait pu entreposer des vêtements pour éléphants.

Suite du Waldorf avec mannequins figurant la rencontre des Jumelles avec le staff du Guggenheim.

Ici les Jumelles se sont recueillies devant des séquoias gigantea.

Une vitrine de grande taille.

Ici les Jumelles posent la première pierre d'une usine de sous-marins.

Il y a du son aussi.

Des grondements.

Comme si on avait ralenti les voix.

Des baleines ?

Et on ressort à l'air libre.

Il est où ce musée ?

Bip-bip.

On doit monter un gigantesque escalier à double révolution — mécanique et en béton crème lisse. On pourrait faire grimper un troupeau de ce qu'on veut là-dedans. Grande galerie en enfilade. Brochette de valets en habit de drap vert à la française, parement et collet en velours cramoisi, galonné vénerie ; galon d'argent entre deux galons d'or au collet, en quille aux parements ; double galon aux poches, trois pointes à la taille, galon sur les bords. Si on s'approche, on voit que les boutons en argent sont timbrés d'un cerf en or ; c'est le temps retrouvé.

En présence de William Burroughs

Un long corridor dans le noir total.

Le carton fait lampe sourde.

On s'approche, on s'approche, on dirait un bijou, une icône en or avec bougies tremblotantes au fond ?

Une vitrine illuminée — une cahute de planches ordinaires, avec porte et ampoule nue qui pendouille.

Une cabane pour faire le vide ?

Un hologramme ?

On s'approche.

Costume gris perle usé, l'air d'un notaire en deuil, canne à pommeau d'argent et dans l'autre main une petite pince serrant une cigarette aussi fine qu'un fétu de paille, tenue par un cordon de soie, comme ceux qu'on utilisait pour sortir aisément un face-à-main ou un monocle de la poche du gilet couleur muraille — il me dévisage.

On me présente.

Tout ça est vrai.

C'est une installation où il y a une personne qui s'éveille quand un visiteur s'approche ?

Mais William, yes. Bien sûr.

Il pose sa main sur mon épaule.

On dirait qu'il est tellement vrai.

Tellement il est bien éclairé.

Il a des moments imperceptibles de retard — quelqu'un parle de très loin.

Une retransmission ?

Il manque des images aux 24 nécessaires — au minimum — à une impression de vie plausible.

Un personnage de jeu démodé avec si peu de fluidité.

Mais il a gardé un mélange de Bowery d'avant et de stand de tir. L'odeur de bière et de cartouche est pulsée via une petite grille dissimulée dans son épingle à cravate.

Young girl, me dit-il avec une voix nasillarde. Et s'ensuit une longue litanie de phrases — qui devaient certainement cacher une série de conseils précieux. La chose que j'attendais pour prendre enfin la bonne direction.

Young girl.

Résonance dans le noir.

Il *me* parle. Mais son accent du Sud avait fait disparaître les mots dans un tunnel obscur. Je n'ai rien compris — j'entendais quelque chose comme *Mowchick woyaw tawgh moeragh kaquere mecher*. On n'est pas indien, c'est dommage.

Providence

1.

Darwin, un jour de maladie, au lieu de rester au lit comme tout le monde aujourd'hui à regarder des séries en accumulant des mégots, des verres sales — enfoui dans un canapé poussiéreux à attendre SOS médecins, à se plaindre, à se bourrer d'anxiolytiques en dormant le plus possible pour gagner des heures, décide d'observer des plantes grimper. Il se fait installer un pot de terre près de son lit. Il plante ; il observe qu'un long jet s'élance au-delà de l'extrémité supérieure du bâton qui sert de support et s'enroule régulièrement. Il écrit dans son registre ; il compte les révolutions de la tige : un tour en 2 h 45 mn. Elle prend 15 cm en dix-sept révolutions. Qu'est-ce que ça donne avec un

Tecoma jasminoides ? Rajoutez-moi un pot. Et avec un *Manettia bicolor* ? Je fais grimper des haricots le long d'une ficelle tendue et sur des baguettes polies de fer et de verre de 0,84 de diamètre. Tableaux comparatifs, centaines de pots, on bosse ; ça va vite. On fait installer la petite lumière rouge qui signale à l'entrée d'un studio d'enregistrement *on air* — n'entrez plus jamais. On commence à ne plus pouvoir traverser cette jungle pour ouvrir la fenêtre. On en oublie sa maladie. La pièce ressemble aux bunkers à marijuana transgénique éclairés 24 heures sur 24. Quel volume d'air viable contient sa chambre ? Oxygène ou carbone ? Je ne comprends pas très bien le principe des émissions de gaz. Les feuilles prennent ou donnent du gaz ? J'ai oublié la démonstration du début déjà. On en arrive à des calculs de plus en plus complexes : on mesure le ballant des pointes de glycine. On cherche à connaître la méthode de la plante qui cherche désespérément un support pour grandir.

Il complique les choses. Il y a des schémas ; il y a des calculs partout. Exponentielle de végétaux. Le voilà qui se torture. Il est vraiment malade, me dis-je, refermant l'épais traité autobiographique de l'auteur de *L'Origine des espèces*. Et puis en voilà une drôle de méthode, ce n'est pas pour moi.

Je m'étais installé au bord d'un lac après un échec professionnel qui avait mis fin à ma carrière. Une maison banale, mais pratique. Assez réussie, si on se place du point de vue de quelqu'un qui recherche un *chez-soi vide*. Peu de meubles ; aucun objet personnel ou décoratif. J'adorais certains trucs utiles démodés. Je possédais un des seuls systèmes de quadriphonie existants ; une des nombreuses tentatives ratées de l'industrie de la hi-fi. *Quadriphonie* ? Vous me direz, on n'a que deux oreilles. Mais, à cette objection, je répondais que ce matériel était l'ancêtre du dolby et du surround. Et qu'il faut prendre en compte toutes les places que pourraient prendre une paire d'oreilles dans un espace X. Regardez ! on se promenait chez moi comme dans un château — et je faisais volontiers visiter l'endroit. C'était assez beau, acier brossé, bois à la clarté danoise ; boutons de palissandre et petite lumière rouge de la lampe de l'amplificateur allumé pour signaler que la bête en sommeil était là dans la pièce. Mais je n'avais que deux disques. Un de Bob Ashley, assez répétitif ; et la symphonie *The Great* de Schubert dans un vieil enregistrement anglais. Angoisse garantie, surtout le deuxième mouvement, où un lutin hautboïste vous emmène à la mort en dansotant.

Malheureusement aucune musique ne correspondait vraiment au moment que je voulais vivre. Ou célébrer ; si on pense que la vie ressemble à un film avec une symphonie dessous et qu'il s'agit de tout redoubler pour supporter mieux la douleur ou fêter une joie. On trouve facilement des extraits d'œuvres qui font souffrir les gens — en leur envoyant très fort dans une oreille du Donizetti et aussi fort, dans l'autre oreille, du heavy metal. On choisit aisément ceux qui galvanisent l'assaut, mais il est plus délicat de trouver celui qui correspond aux états confus dans lequel nous vivons généralement tous ; on n'est pas toujours soldat.

Je rêverais d'une musique qui contiendrait toutes les qualités des autres. On devrait se la commander. Obtenir un album qui s'appellerait… Problèmes populaires. Un cocktail d'austérité et de joie dédié à chaque personne. C'est délicat. *La musique savante manque à notre désir.*

Curieuse phrase. Qui disait ça ? Est-ce que ça signifie qu'on ne trouve pas facilement de musique capable de refléter nos passions ? Quelque chose qui s'occuperait de nous ; une vraie composition *savante* qui en saurait long sur nos modes d'existence. Une grosse tête capable d'avaler plusieurs vies. Elle nous installerait un petit tremplin, et hop on ferait l'ange sur une poutre — en dépliant nos sensations comblées successivement. On serait heureux par degrés. On s'arrêterait à chaque étage pour se féliciter ; alléluia. On ne l'a pas, cette musique. Elle nous manque.

À certaines manquent l'ironie, à d'autres le tragique. Chacune est incomplète. Mais on peut aussi dire le contraire : elles nous ratent parce qu'elles sont trop entières, même les plus abstraites sont terriblement figuratives ; elles ne disent qu'un univers à la fois. La voix d'Ashley est trop spéciale, le hautbois de Schubert sonne comme un cor au fond des bois. Arizona ou Forêt-Noire, je ne veux pas choisir. Un seul monde ; on en veut plusieurs. Mais *la musique savante me manque,* ça veut aussi dire qu'elle m'a *manqué*. Elle me provoque !

Du calme — respirons. On ne va pas se battre en duel avec la musique.

Chaque matin à sept heures pétantes, je faisais un tour de lac en voiture avec ma Rambler-Renault. La publicité disait : *Vous pouvez allonger complètement vos jambes, comme dans votre fauteuil préféré.*

C'était vrai.

Et plus loin : *Silence feutré, climatisation totale d'un appartement de luxe, avec vue imprenable sur le paysage en cinémascope par 2,5 m² de surfaces vitrées.*

Promesse tenue — encore qu'on aurait pu dire à ces publicitaires que leurs calculs étaient bizarres ; peut-on prétendre que cinquante meurtrières d'une forteresse donnent la même vision qu'une seule baie vitrée ? Les publicités vieillissantes finissent par ressembler à des poèmes obscurs.

Surprenant de lire aussi dans le prospectus que d*es dossiers individuels sont inclinables jusqu'à l'horizontale pour faire lit de voyage avec la banquette arrière*. Comme si le rêve ultime de l'heureux propriétaire de cette berline de semi-luxe était de dormir dedans, viré de son appartement, mis à la retraite anticipée, zéro famille, panique.

Elle avait de la gueule — son nom américain le laissait entendre : carrosserie gris taupe à enjoliveur rouge, *5,65 m de rayon de braquage ; ressorts hélicoïdaux, barre stabilisatrice antiroulis.* On descendait les ravins avec. On slalomait entre les sapins — *Rambler*, ça veut dire flâneur ; curieux nom pour une voiture.

2.

Photographe ? Mais oui, j'étais ça — je réponds à toutes les questions. Quel étrange métier, ajouterais-je, on finit toujours par vous reprocher ce qui faisait votre originalité. Je donne souvent en exemple l'histoire du type qui a inventé les portraits au très grand angle. On adore ça ; et puis — c'est réglé comme du papier à musique — la nouvelle directrice de *Vogue* dira au hasard un beau matin, en feuilletant un ancien numéro réalisé par sa devancière, *c'est vilain ces gueules tordues*. Vous êtes dehors avec vos cartons en deux minutes. Le type a beau avoir révolutionné les couvertures du magazine en lançant les visages en très gros plan où l'on voyait les poils, les cernes, les veinules des stars ;

fichu des filles en Dior à califourchon sur des éléphants ; coincé des célébrités dans l'angle d'un cube blanc ou immortalisé la reine Victoria sautant à la verticale ; et Dieu sait que je pourrais donner d'autres exemples, rien n'y fait — la porte.

Pareil dans ma branche, *dans* le paysage industriel. J'ai commencé par des silos en rase campagne, puis des hauts fourneaux abandonnés photographiés comme des temples grecs. Tirage géant argenté. Succès énorme. Et puis la même chose en réduction — par lassitude des grands voyages, je suis devenu spécialiste des photos de tuyaux et de câbles. Rendre beau l'arrière d'un ordinateur, on comprend que ce soit un don — et un sacerdoce. J'étais donc assez recherché et très cher. Natures mortes d'objets techniques au repos ; on aurait dit des tigres qui vous sautent à la gorge. C'est mystérieux. Quelles ondes sont enfermées dans cette gaine de plastique ? Des questions, des questions. On aurait dit des petits temples ; les gens adoraient ça. Pour les contredire, je leur disais qu'on peut voir les choses à l'envers et considérer les églises comme des machines avec tout ce système ingénieux de descente et de montée, avec, à la place d'un ingénieur, des hommes en blanc qui s'affairent autour d'un corps en morceaux qui va filer vers le ciel — et, en échange, un esprit en forme de flamme descendra dans le cerveau d'êtres qui s'activent intensément pour attirer l'attention sur eux. En noyant le poisson avec des théories générales et embrouillées de ce type, les gens lâchaient assez vite l'affaire et fermaient les yeux sur mes activités. Je me demande juste rétrospectivement comment j'ai pu raconter n'importe quoi. Il est vrai qu'il s'agissait de réussir à tout prix la transaction ; j'étais prêt à endosser n'importe quel rôle. Une assez bonne période quand même. Il fallait combiner l'extase secrète de se savoir important à une dose maximale d'indifférence. Combinaison gagnante de froideur et de chaleur. Jusqu'à cette série de prises de vue ratées d'un accélérateur de particules sous terre. L'un des générateurs, au nom prédestiné d'Atlas, était rentré sous terre dans une énorme cavité, ne laissant que quelques millimètres de marge. Cet Atlas était coincé comme un ours qui aurait fait bombance tout l'hiver ; impossible de sortir de la caverne. Il n'y avait aucun recul pour la prise de vue et les photos ressemblèrent à un arrière de garage mal rangé. Si on s'approche trop près d'une pyramide, on ne voit qu'un bout de mur lambda. C'était vexant pour les concepteurs de la machine la plus grosse et la plus moderne du monde possible. Ils avaient oublié que les trente ans de fabrication avaient laissé des traces. La couleur jaune passé, l'orange devenu verdâtre de certains matériaux, la manière aussi de relier et de grouper les câbles dataient de Mathusalem. On ne voyait sur les images qu'un décor d'usine désaffectée au fin fond de la campagne. Ça sentait le pneu noir, la graisse froide, le papier jaune. J'ai eu beau argumenter, que c'était ça justement une vraie fiction, une démonstration à l'envers. Qu'au contraire, la chose en sortirait grandie et les dirigeants-concepteurs du projet aussi. Et puis regardez, les arbres ! Un arbre c'est inphotographiable. Surtout les très gros ; on ne peut pas rendre compte de leur énormité. Cet argument ne leur suffisait pas ; et le contrat a été rompu.

Un deuxième échec avait enfoncé le clou. J'avais été dépêché sur un site ancien ; l'inverse de l'accélérateur soi-disant ultramoderne — encore que. Curieuse demande à un spécialiste de circuits imprimés : photographier un jardin du XVIIIe abandonné depuis cinquante ans composé de fausses ruines antiques.

L'endroit était peuplé de petites fabriques, mini-industries, moulin en réduction ; hameau pour excursion champêtre avec pain bis et lait caillé. Pont faussement délabré pour figurer l'embarquement vers les îles enchantées ou le naufrage d'un vaisseau. Comme si un grand seigneur possessif avait voulu réduire en maquette le monde industriel naissant. Rendre habitables les mines, charmantes les forges, admirable la vie d'un mouton enrubanné de faveurs rouges. On y installe de faux meuniers, des pêcheurs au filet dans la brume, une petite troupe d'enfants naufragés, une série de marquises-poissonnières dans des grottes parsemées de coquillages et d'inscriptions latines. Une fontaine déverse du vouvray glacé. On installe un philosophe au travail dans un temple de la Vérité avec une perruque Robespierre. Un batelier traverse inlassablement le lac dans les deux sens pour offrir une belle vue à l'invité qui jette un regard distrait par la fenêtre du salon. On voit surgir un obélisque en mémoire d'un inconnu, un cénotaphe vide au milieu d'une petite île au milieu d'un lac, un berceau de pierre géant entouré de peupliers — brrrr, c'est gris ce tombeau flottant. *Venez vous suicider ici en famille.*

Pour emporter le marché, j'avais argumenté — par habitude de dire tout et son contraire — que ce type de jardin étrange n'était pas loin de ressembler à une machine. À un parc *d'attractions*. Que c'était ma spécialité, etc. Que toutes les installations de ce lieu devaient fonctionner ensemble, la fontaine aspergeante au fond de la fausse grotte était reliée au lac et faisait tourner le mini-moulin qui lui-même actionnait une forge. On aurait la même sensation de gêne en découvrant sous les combles d'une maison un train électrique construit par un adulte — les montagnes de papier mâché sont trop grandes et réalistes pour seulement ressembler à un jouet.

Le problème, c'est que tout était détruit. Et les fausses ruines étaient devenues des vraies. Je passe sur le débat qui dura des années entre les différents corps de métier ; conserver des ruines n'est pas une tâche facile ; mais en restaurer de fausses est plus complexe encore. Faut-il revenir au moment où la fausse ruine est encore... neuve ? Vieillie en surface et solide à l'arrière. Le pont suspendu recouvert de mousse devait avoir l'air de s'écrouler, mais rester incassable — secrètement. C'est le contraire de ce que nous vivons en général ; nos murs blancs cachent un grouillement de câbles de différentes générations entrelacés, tuyaux qui ne mènent nulle part ; tout un monde gris et torturé, déjections de ciment roulées dans la poussière et les crottes de rats.

On pouvait raffiner la question — c'était le point de vue du paysagiste, obsessionnel de la datation, qui prétendait qu'il ne fallait pas revenir à l'origine de la construction du parc, mais à un moment ultérieur où ces fausses ruines commençaient juste à devenir plausibles sans mettre en péril leur résistance. Il expliquait aussi que ces jardins avaient été réalisés non pas seulement à partir de plans d'architectes et d'ingénieurs, mais d'après peinture. Le pont vermoulu idéal avait été imaginé et représenté par un artiste. Il doit bien y avoir un moment où l'objet ressemble exactement à son rêve. Rajoutez-moi de la mousse et de la peinture rouille sur cette rambarde. C'est aujourd'hui, ça y est ! Clic-clac ! C'est le monde à l'envers de prendre une peinture pour modèle.

Un autre intervenant militait lui pour la réparation à vue. Installer des pilotis en bois pour soutenir la tourelle du moulin, consolider la pyramide avec des étais rouge vif. Il faut, disait-il, que ces fausses ruines soient *d'aujourd'hui*. Un autre disait qu'il fallait tout détruire et demander à des artistes contemporains de repartir à zéro avec la même idée. Ah, je voudrais faire un petit tsunami en réduction avec une explosion de centrale nucléaire.

Je ne savais plus à quel saint me vouer et j'avais foncé tête baissée dans les détails pour échapper aux grandes questions. Bien mal m'en a pris. J'avais photographié les boulons abîmés, les lézardes profondes, le pourrissement du bois de charpente de la cabane du philosophe ; de gigantesques cibachromes glacés agrandissaient des moisissures aussi complexes que des paysages romantiques. Il faut ajouter que j'avais fait des photos volées dans la partie sauvage du parc — où le président du conseil général chassait tout et n'importe quoi à la mitrailleuse, juché sur la tourelle de son 4×4 aménagé. Les photos noir et blanc, la neige et surtout la petite chapka en astrakan que j'avais ajoutée par trucage sur la tête du président, laissaient, il faut l'avouer, une impression désagréable. On ne sait pas vraiment quand la scène a eu lieu. Partie de chasse dans les Carpates ? Carte postale de vacances chez les Ceauseşcu ? Les cadavres de faisans flottent sur l'étang immobile. C'est en référence aux cadavres des communards fusillés qu'on a alignés dans le faux lac des Buttes Chaumont, argumentais-je pour ma défense — profondeur 60 cm. Le commanditaire annula l'exposition.

3.

J'avais dessiné des meubles pour ranger ce passé photographique par thèmes — avec un système de classement tellement complexe et codé que je ne m'y retrouvais plus vraiment. Les années avancent et les supports se mélangent. De gros disques durs abandonnés voisinent avec des boîtes remplies de négatifs de verre ; des rouleaux de diapositives avec des tirages au charbon et des autochromes poussiéreux. C'est délicat de stocker ensemble des choses de générations différentes, il faut concevoir des meubles sur mesure pour les recevoir. Mais le désordre avait l'avantage de faire glisser les choses les unes dans les autres ; le hasard a du bon.

Il y avait une section de mes archives qui me touchait particulièrement, c'était les photos d'enfants flous. Dit comme ça, c'est un peu sec ; comme si ça existait *Enfants flous*. Ce n'est pas une catégorie répertoriée quelque part. Fleurs penchées ? Clichés involontaires de plaque d'égout ? Photos faites au déclencheur par un singe ? Ça existe ?

Si les choses se répètent, elles deviennent des noms communs ? Il faudrait mettre des bémols. On n'en sait rien. C'est sans doute une suite d'événements qui vous donne l'idée de poser une nouvelle catégorie ; il suffit, par exemple, d'avoir vu deux fois un visage seulement de travers — pour ne pas dévisager un mort par délicatesse — pour créer l'entrée : *Visages de morts que l'on ne peut regarder que de côté et rapidement.*

Profitons-en pour remercier les objets techniques, grâce à eux on peut apprécier des phénomènes invisibles à l'œil nu, compter un génome, voir s'agiter nos cellules, se promener en couleur à l'intérieur de soi. On voit de la vie partout en plus.

Je vous aime.

Ça me donne envie d'embrasser cet appareil.

Temps de pose trop long, l'enfant bouge. Il dit non à la photographie. L'un tient du bout d'une brindille un bébé chauve-souris flou trouvé à la tombée de la nuit dans une cour en gravier ; un autre est présenté à un sculpteur à bout de bras par une assistante et secoue la tête — on se demande comment faire une esquisse en terre à toute vitesse d'un visage en mouvement. On fait le *geste* d'abord — et les détails ensuite ?

C'est devenu une passion.

Bonjour, c'est pour les photos floues. Vous imaginez la tête du conservateur. Bon, eh bien, restons à la maison, on n'a plus qu'à faire des livres pour se venger. Personne ne vous coupe la parole, vous pouvez y aller avec les jérémiades. Oser dire : je suis censé rapporter d'urgence des *traits dispersés d'enfants disparus.* Même si c'était une phrase de rêve. Les rêves, ça peut servir. Ça fait du corps et de la vie en plus. Ça fait des éclats, des copeaux — quand l'histoire se serre.

Je vois par exemple très bien comment on pourrait relier toutes les histoires avec les mêmes motifs. Les plis de pierre des statues, depuis la Renaissance, dessinent tout sur leur passage. Un drapé de nymphe, un terrain en pente, les nervures d'ailes d'insectes ou la forme fugitive d'un train. J'en profite pour féliciter les rêves.

Il y a la très pratique théorie des cordes, et celle du pli — la deuxième est la meilleure ; elle fronce le vivant ; par petits paquets de plis. Une robe ? Un chemin de pierre. C'est facile, il faut enjamber des escaliers entre les choses, les strophes en accordéon — si on les mettait à la verticale sur une droite, ça ressemblerait à une onde.

Je vous en dis trop.

Stop.

Je vous en dis trop. J'ai chargé la barque. On arrête les visions. Désolé.

Vous me direz, vous me direz, c'est au moment où ça chauffe que je me retire. Ah il a peur. Mais bien sûr j'ai peur ; et pourquoi j'aurais pas peur ?

J'ai les idées claires.

Même si — à y réfléchir — quelquefois, *maintenant* je ne sais plus quand c'est.

Même si *ici* est satisfaisant. Un château désaffecté qui aurait abrité une colonie de vacances transformée en centre de transfert pour *personnes en difficulté*. Des lavabos en ligne en zinc avec des robinets d'eau froide à la file ; j'avoue que ce n'est pas facile facile de se laver là-dedans. Surtout quand il y a de la glace dans les tuyaux qui explosent au redoux. Que des emmerdements.

Bref.

Je vous mets dehors, désolé. Fin de la visite. Dring, sonnerie ! Ah c'est un peu militaire ici. Au départ, c'était un palace. Et à force, eh bien — mais il y a le premier service dans la grande salle à manger des moins malades dans 7 mn.

On a les menus à l'avance.

Aujourd'hui, il y a les œufs en gelée avec du jambon roulé dedans — qu'on voit en transparence. On dirait une maladie dans un bocal, j'adore ça.

4.

Il suffit d'un ou deux échecs pour inverser la courbe, comme on dit communément. La chute a lieu relativement vite. Il suffit de regarder ailleurs un instant — l'œil fait un lent virage dans le ciel — et la saison change. On est l'été ; on déjeune dehors, grande table et fauteuils du salon, nappes et vin glacés. Et la caméra tourne en s'élevant, la grue frôle la façade et s'enfonce dans les cimes — et c'est déjà l'automne. Elle redescend, on a froid ; la lumière est blanche, ils sont tous partis. C'est l'hiver.

Que faire ?

Les fêtes, ce n'est pas une période propice pour l'action. On se sent facilement plus seul que d'habitude.

Pour passer le temps, le matin, je traduis Ibsen. Quelle idée ! C'est vrai que si on ouvre les pièces au hasard, c'est impossible. Dialogues creux, situation étouffante ; et tout ça dans une maison battue par les vents — avec un jardin en toile peinte glacée. *Les Revenants*, le titre déjà, quel ennui, maison au bord du fjord, problèmes de famille. Le fils se suicide, la mère est déchirée, le pasteur est fou, le *pensionnat* brûle. Mais on s'habitue à n'importe quelle situation. Comme à l'accoutumée, je m'interdisais de lire la pièce en entier, et je découvrais pas à pas les personnages au rythme de la traduction. C'est-à-dire très lentement.

Je laissais en plan le pasteur Manders au milieu d'une phrase pour aller déjeuner. J'oubliais Madame Alving le temps d'un demi-coquelet rôti et d'une carafe de vin de Bordeaux qu'on me servait rituellement — je m'étais mis les cuisiniers de l'Institution dans la poche. Je la retrouvais chez moi, les bras en l'air, au milieu d'une réplique, étonnée ; la femme de chambre, une soupière fumante au bout des bras, arrêtée au milieu de la pièce ; le pasteur ouvrant la porte pour l'éternité.

Cette technique permet de mieux connaître les personnages. Ils ont dit peu de chose, mais en beaucoup de temps. Leur enveloppe se remplit de vie au ralenti. C'est une autre manière de découvrir quelqu'un ; de l'attraper au milieu d'une colère, de retenir sa tête une heure à un centimètre du baiser fatal.

Après plusieurs semaines de cette approche prudente qui fait penser à la chasse à l'arc, ou à n'importe quel engin qui oblige à s'avancer très près de sa proie, je me suis rendu compte que cette pièce était... la mienne. Je pouvais m'asseoir les yeux fermés à la table ronde au centre de la salle à manger du décor.

Elle ressemblait à celle de mon enfance. La pièce faisait office de pièce de culte et de téléphone public.

Office de quoi ?

La table n'est pas ronde, mais ovale ; avec des allonges en fonction des circonstances. Mais on va dire qu'elle est ronde pour simplifier, donc :

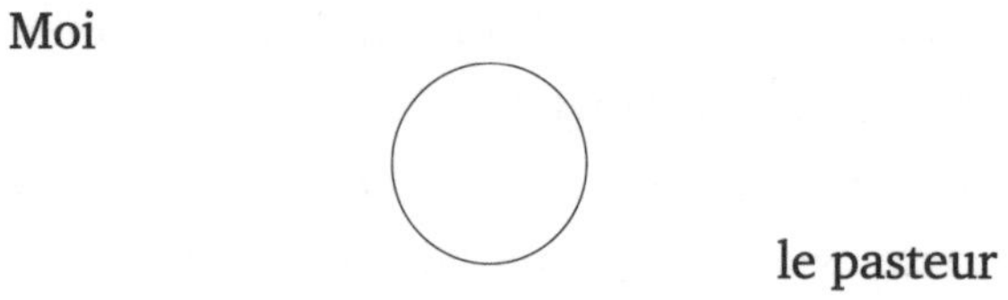

Moi

le pasteur

Le texte des autres, c'est trop personnel — c'est affreux de tout reconnaître tout le temps. Cette histoire de table de salle à manger est ridicule. Si on est un peu influençable, on finira par se faire gagner par cette ambiance sinistre et passer brusquement dans un coin obscur de la maison ; se retrouver sous les meubles, roulé dans le tapis, avalé dans les lattes du parquet.

Si on est enfant et qu'on se cache sous la table, on entend chanter ; la langue maternelle se mélange à des sons venus d'ailleurs : Gleichwie der Regen und Schnee vom Himmel fällt und nicht wieder dahin kommet.

C'est culte.

Ça se chante en vertical.

Comme on jette une pierre en l'air.

Ça se traduit tout seul : C'est comme pluie et neige descendent du ciel. Also soll das Wort so aus meinem Munde gehet. De même la parole qui sort de ma bouche ne doit pas me revenir vide. Es soll nicht wieder zu mir leer kommen. Mais fait ce qui me plaît. Das mir gefällst und soll ihm gelingen. Et ça marche. On passe dans le noir. Bienvenue dans les étoiles.

Que faire ? Un roman ? Au moins, avec un roman, on est libre.

Et puis ça rassemble tout.

Si on est en morceaux.

Mais pas de fiction.

Que du vrai.

Parler en son nom ? Un roman en son nom ? Ça existe ?

Je suis surexcité.

Coller sur la table basse une machine à écrire et approcher le fauteuil à bascule ; crayon noir en travers de la bouche face à la baie vitrée sur le lac avec un bon temps d'automne stable. Écrire tout ce qui passe par la tête sans chercher. Grande satisfaction de voir le paquet de pages noircies grimper vers le plafond ou se dérouler sous la table comme un papyrus ou le fil d'une agence de presse.

Sujet, verbe, complément.

Du calme, de l'endurance, de la propreté. On prendra soin de ranger. On épingle au mur une photo qui servira de repoussoir ; celle de l'atelier d'un peintre : une petite pièce envahie d'un énorme compost de papiers déchirés ; sable mouvant de magazines en lambeaux, agglutinés en boules par des couches de peinture à l'huile — envahis de mégots.

On ne garde rien, on avance sans se retourner, on n'est pas là à scruter la langue comme un médecin inquiet. On avance.

Cent cinquante mots à l'heure, rythme de croisière. J'avais entendu un écrivain à la radio dire qu'il fallait environ 1 500 heures pour faire un livre.

Calculons.

Un bon cerveau travailleur déroule en rythme ses pensées aussi facilement qu'un gymnaste traverse en l'air la diagonale d'un tapis.

À ce rythme, je vais réaliser ça en moins de 750 heures.

Mais parler en son nom n'est pas facile.

On peut commencer par prendre une couverture.

On se cherche un bon narrateur. Un personnage volontaire ou inquiet qui prépare calmement un hold-up dans une villa entourée de palmiers. Un jardinier découpe sa maîtresse en plusieurs morceaux. Une retraite dans une cabane isolée. Une vague histoire d'amour naissante avec une voisine dans un bungalow au bord de l'océan qui s'avère être une criminelle endurcie. Un camion rouge ; une Buick jaune ; des chaussures de golf, etc. Une comparaison entre la décadence de l'Empire romain et la corruption dans une ville remplie de docks et de hangars sombres. Qu'est-ce qu'on pourrait inventer d'autre ?

On peut aussi faire des erreurs et perdre trop de temps à décrire une Oldsmobile deux tons, crème et vert sapin — intérieur cuir rouge et chromes passés —, qui descend mollement une route de montagne, en faisant crisser ses pneus bicolores. J'affectionne aussi la scène traditionnelle de bayou : arbres ruisselants de lichens verdâtres descendant sur un marais fumant recouvert d'une pellicule de saleté argent. Avec en arrière l'inévitable caravane rouillée. Je prends tout mon temps. Une chaîne coulissante sur un câble tendu entre deux arbres donne une certaine autonomie de mouvement à un chien — croisement des races les plus agressives possibles imaginables. De l'huile noire de vidange de débroussailleuse macule une balancelle abandonnée. Mais il ne se passe rien ensuite d'intéressant.

5.

Il faut savoir se détendre, c'est ça le secret. Je fais des pauses toutes les quatre heures. Un bon tour de bateau ; j'en ai un en acajou avec des bancs chromés et une petite cambuse à l'avant — cadenassée. Le lac est souvent couleur ardoise. Moteur électrique très silencieux ; je pêche au filet en solo avec des bouées rouges et noires. Mais je pose aussi des lignes de fond. Je prends de vieux ombles ; il faut aller les chercher loin ; le lac est très profond. C'est beau ; l'eau lisse et bleue, partout, *all over*, comme on dit quand un tableau est recouvert sur toute sa surface. Aujourd'hui recouvert de reflets d'arbres couleur aquarelle sombre. Je reviens à la tombée du jour, soleil couchant dans le dos, comme on s'éloigne rapidement d'une énorme explosion au-dessus des bois. J'envelopperai mon poisson dans un sac de toile rempli de gros sel et je l'enfouirai sous terre.

Il y a des verrières à la place des fenêtres ; je peux regarder le ciel et l'eau en même temps — et comparer les teintes. Cette vue vous tient assis des heures. J'aime les choses sous verre. Arrachée d'un carnet, une aquarelle — qui réussit bien à capter les mouvements de l'eau et à enregistrer les couleurs à un moment T — a été punaisée depuis des lustres sur différents murs, collée sur un papier blanc devenu gris poussière. Recollée sur une carte postale ; on l'encadre telle quelle et impeccablement avec des baguettes de bois clair et une marie-louise crème. On est conservateur ; on collectionne le bleu.

J'achète mes feuilles blanches au drugstore. Elles sont relativement bon marché. Le drugstore ne vend qu'un modèle pour chaque chose. Un seul modèle de feuilles, un seul modèle de corde, un seul modèle de canne à pêche, un seul modèle de couverture, un seul de haricots rouges en boîte. C'est assez reposant de pouvoir à la fois tout acheter au même endroit et ne pas avoir à choisir. Pouvoir dire sans respirer : donnez-moi dix tapettes à souris, des vis de 20, trois ampoules électriques, un pantalon huilé, 2 kg de viande des Grisons, et rajoutez-moi ces sous-chaussons de bottes. J'ai même trouvé une caméra infrarouge pour surveiller les animaux ; déclenchement automatique dès qu'âme qui vive pénètre dans les 30 mètres alentour. Une manière de continuer mon métier sans moi.

Le *Riva* que j'avais acheté avec la coquette somme de dédit versée par l'entreprise qui gérait l'accélérateur de particules était très intéressant. Un bateau peut être pratique, efficace, beau, mais il peut être quelquefois *intéressant,* comme une vraie personne. Dialoguer avec un bateau, quelle idée ! Pourquoi pas ? C'est l'acajou que j'aime. Je passais de bons moments à faire refléter le bois verni sous des arbres qui diffusaient une lumière mouchetée — acacias, trembles, frênes. Les couches successives de vernis donnaient au bois l'aspect profond d'anciennes peintures à l'huile. On pouvait observer en transparence les accidents innombrables, l'accumulation de petits chocs et les minuscules rayures. Le saule pleureur au bout du petit ponton de bois est idéal. Quelquefois j'emportais un déjeuner léger ; de l'alcool de sureau dans une petite fiasque de verre, des sandwiches au concombre, des tomates séchées roulées dans du papier sulfurisé.

Il y a malheureusement des micro-fissures entre les lattes de bois — l'eau perle par endroits. Une flaque se forme au fond que je dois écoper pour éviter de couler ; ça empêche de s'absenter trop longtemps de la table de travail. Je laisse filer à la traîne des lignes, armées de petits tortillons et d'hélices tachetées de rouge qui vibrent sous l'eau.

L'eau ayant bien baissé, on voit les racines découvertes des arbres où doivent se cacher les poissons d'habitude ; grottes dans les lianes d'un banian — Alice aurait pu s'y glisser aussi aisément que dans la gravure sombre d'un livre d'autrefois. Avec un pays souterrain ; lianes gigantesques qui soutiennent un arbre tordu, pilotis dans le vide. Il y a du courant ; j'aime ce lac parce que ce n'est pas un lac. Je n'aime pas la mer, c'est un grand lac aussi. Il n'y a pas de sens. Il n'y a pas de courant. Ce n'est pas un étang ; je hais les étangs. Ça s'envase éternellement — avec des squelettes de hérons et de bicyclettes.

On peut comprendre que dans un décor pareil n'importe qui se prendrait facilement pour un aventurier. Enfin, je ne sais pas. Je ne sais pas à quelle hauteur nous sommes *maintenant*. Ayant expérimenté plusieurs vues, comme si vous aviez regardé d'abord un problème de très haut— on observe un livre blanc posé sur une pelouse vue du toit — ou de très près, presque à la loupe : on s'infiltre dans la colonne de fourmis qui rentre discrètement dans le panier pour coloniser le sandwich restant. Je ne sais plus si c'est une histoire d'enfant ou d'adulte. D'un enfant qui a poussé dans un corps d'adulte — et au moment d'occuper entièrement l'enveloppe de peau qui lui est offerte, il devient soudainement très vieux.

De retour à mon bureau, j'essayais de transcrire au propre le plus clairement possible un scénario — qui servirait de base solide à cette fiction — en rédigeant avec soin les paragraphes prévus dans le plan. Je rajoutais de bons dialogues, comme on doit le faire pour que ça soit *vivant*. J'écris directement à la machine, pour garder un rythme naturel. Cadence nerveuse, mais élégante. C'est très satisfaisant. Les phrases sont des visages, on peut leur donner une expression unique.

Un jeune homme volontaire part la fleur au fusil en brodequins. Mais il arrive trop tard ; à Valmy, le champ de bataille est devenu un musée — un obélisque renferme le cœur d'un général. Un petit personnage traverse les montagnes ; il est censé trouver un refuge, le pasteur éclairé qui l'attend avec un bon feu de bois, une bibliothèque remplie de gros livres en cuir, un lit de paille, de bonnes assiettes pleines de saucisses ; mais le paysage se déploie au fur et à mesure que notre jeune homme avance. Il est perdu dans une immense toile verte qui s'échafaude à vue d'œil. C'est un cauchemar ; je ne trouvais que des scénarios tristes. Des scénarios trop courts et catastrophiques.

On s'enthousiasme quelquefois, et on voit les livres comme des robes — ou des guerres ; on fait des bâtis, de grands mouvements à la craie bleue sur un grand morceau de tissu noir. On dessine des régions, des centres, des cœurs. Il y a de bons moments. Et puis, en relisant, on redescend sur terre : ça ressemble à une rédaction d'école. Ce qu'on sent derrière chaque mot, à chaque détour de phrase, ce qu'on voit, brusquement — c'est l'enfant effondré sur son bureau, mains incapables *vraiment* de serrer son porte-plume ; ou le dingue en train de taper la même phrase à l'infini, mettant en page différemment, essayant en bloc, puis en poème, en zigzag. Ça va mal finir. On peut se retrouver en morceaux. Je devrais faire un essai, au lieu de m'escrimer avec un roman. Il me manque le narrateur — James Bond, Lucien de Rubempré, n'importe qui. J'ai dû le perdre en route. Il m'en faudrait un de nouveau — mais à notre portée ; construit avec des traits de gens déjà vus. Le scénario manque. Le sujet manque. On ne peut pas faire un livre viable sans sujet. Un livre qui manque de mains. Un livre qui manque de respiration. Un livre sans visage. Sans organes ni chute de tension.

Et surtout comment retrouver cette impression de profondeur ? Nous manquait dès les premières pages l'épaisseur immédiate d'un compartiment de train, odeur de cuir et fenêtre givrée. Nous manquaient le son des paroles cachées au fond de l'espace-temps, les toques de fourrure et l'odeur du thé ; les voix dans le noir qui font les beaux livres.

6.

Un hiver puis deux passèrent à ce labeur, et progressivement, je réalisai que je n'étais même plus capable d'écrire une lettre à un ami. Impossible de tracer trois mots ou une phrase sans revenir dessus — barrer et écrire une nouvelle version dans la marge. Mais il suffisait de quelques secondes pour rendre cette nouvelle version insuffisante, trop ceci, pas assez cela. J'ai essayé un moment d'envoyer des pages bourrées de ratures et de corrections avec des mots d'excuse griffonnés dans les marges. Ça revenait à peu près à une conversation de vive voix, où l'on arrange ce qu'on dit en permanence, en fonction des réactions des autres. Ce n'est pas glorieux. Mais, par chance, j'avais retrouvé des missives du même type oubliées dans un tiroir. Et je savais que ça ne marchait pas. Au lieu de dire la douleur ou la tendresse, elles avaient l'air de dessins tarabiscotés, de gribouillis sans queue ni tête ; des paroles négatives et charbonneuses enroulées sur elle-même. Des hérissons ? C'est une erreur de les envoyer par la poste.

Toute nouvelle idée, au lieu de contredire la précédente, vient s'ajouter à elle ; une liane rencontre une autre liane. Ça fait un mélange. Vous me direz, on peut voir des murs et regarder les fossiles qui le composent *en même temps.* Mais qui veut ça ? Personne, m'assurent des gens compétents. Ce qui se conçoit clairement s'énonce clairement. Il vaut mieux écrire bien des idées vides, que mal des choses complexes. C'est indéniable.

Je devrais vraiment faire un essai.

En prenant le parti des choses. En regardant les sentiments aussi intensément qu'un morceau de cire ?

C'est le moment où j'ai perdu le fil. À force de vouloir transmettre des sensations le plus exactement possible dans ma langue maternelle, ça ne fonctionnait plus. Les adjectifs dérapaient, les adverbes partaient dans l'autre sens, les verbes n'arrivaient qu'à la fin, et ne correspondaient pas à l'action du début. Je ne comprends pas les modes.

Qu'est-ce que c'est que le subjonctif ? Ce n'est pas un conditionnel, c'est un souhait en l'air réalisable, mais pas vraiment. C'est le moment avant le premier baiser. Quand dire c'est faire : *j'appuie sur la gâchette.* La syntaxe est... défectueuse, les vitesses grincent, les articulations rouillent. Comme les premiers chars bloqués bêtement dans un fossé. Des chevaux traînant des canons sous la neige. Un désastre. Les mots et les choses ne se répondent plus. Un puzzle de ciel de papier mâché gris sale d'un million de pièces qui ne correspondent pas vraiment. Il fallait taper dessus au marteau pour les réunir. En cas d'erreur, il était trop tard ; chaque pièce écrabouillée avait perdu son bord.

On m'avait dit que *lac* venait du sanskrit et signifiait dépression — au sens large ; ce n'était pas faux. La journée je restais souvent sur la rive à m'exercer aux ricochets. Je me souvenais d'un roman de Pierre Jean Jouve qui commençait avec des ricochets — comment s'appelait-il ? Eau calme, gravier, transparence. Alors ?

Todi !

Jacques de Todi, bien trouvé ce nom de héros, ça tourne court — en ouvrant. C'est long et bref ; on voit les ricochets.

Les gens sont drôles, c'est bien gentil de chercher à comprendre dans quel ordre les choses arrivent et pourquoi ; et surtout *qui* est la cause de quoi ? Quoi est la cause de *qui* ? Pourquoi *comment* découle de quoi ? Au moment pile où vous avez les moyens de tout comprendre, une lumière s'allume dans la pièce, et votre cerveau s'éteint brusquement. Les méandres de ce réseau immense de minuscules canaux entrecroisés se serrent, se vissent, se compactent. Ce qui vous servait jusque-là à réfléchir devient une masse de viande indistincte, un bloc de cire, ressemblant à celui que fabriquent les abeilles, si habiles à épouser le plus petit trou ou n'importe quel angle de mur. Ça restera là au coin d'une poutre de grange abandonnée.

C'est tentant de jouer le vieux monsieur mourant dans sa maison en ruine, tout seul, faisant rouler les bouteilles de chablis sous le lit à baldaquin, descendant l'escalier dans le noir et découvrant à chaque pièce un drame reconstitué ; comme si vous aviez le musée

Grévin en dessous de chez vous et que, pour rejoindre la cuisine les yeux fermés, vous deviez passer devant la cellule où l'on aperçoit Louis XVII attaqué dans son lit par une horde de rats surexcités. C'est vrai qu'on trouvera facilement des scènes marquantes dans la vie de n'importe qui.

7.

Si vous êtes nostalgique, non pas des décennies qui précèdent votre arrivée, mais du siècle passé, ça complique tout. Profitant de l'absence de publicité et de la stabilité des buildings — les détails comptant moins que sur un petit immeuble européen, où chaque changement du fer forgé d'un balcon ou de la couleur de crépi modifie considérablement l'esprit du lieu — vous reconstituez facilement le défilé des calèches, et la sortie sous la neige d'une petite troupe bruyante, *oh c'est déjà l'hiver*, en chapeau haut de forme moiré brillant au lampadaire à gaz. Tout en bas, dans l'énorme distance qui vous sépare du sol, flottent les années disparues.

Pour clarifier mes pensées, j'ai longtemps utilisé des remèdes de cheval. Au départ je doublais systématiquement les doses ; par précaution — même si la maladie était minuscule il fallait l'écraser ; on envoie une bombe atomique au fond de son corps.

Ça ne marche pas.

Mon environnement non plus.

Me manquent mes six pièces, room service, balcon sur le lac, un bon bureau étroit, une promenade à l'heure du thé, un sommeil réparateur, c'est ça qu'il m'aurait fallu pour m'en sortir.

Ils me prennent tout.

Je pourrais dessiner toutes les choses qui me manquent.

Un autre corps.

Il m'aurait fallu aussi un autre corps.

Je n'ai pas de corps de fille, c'est dommage.

Qu'est-ce qu'il m'aurait fallu ?

Comme corps ?

Je n'ai pas de corps d'homme non plus. Avec cette écriture déroulée calme, la voix mélancolique — on la trouve dans ce début de livre où le type, nommé professeur, dans une petite université du Rhode Island se rend à son poste par un matin de fin d'été, sur une route bordée d'arbres. Providence, quel nom idéal pour une ville. La Buick épaisse et souple se dandine de loin sur la route poussiéreuse. Au ralenti, au fin fond du noir et blanc — avec la voix douce par-dessus qui raconte sa vie avec attendrissement

L'écriture adulte.

Je ne suis qu'un enfant qui bouge dans l'image.

Ça ne va pas du tout.

On peut faire la jeune fille, on peut faire la vieille dame, on peut tout faire, mais ça n'arrange rien. Le temps a creusé une sorte de fossé rempli d'ajoncs ; une mare noire recouverte de lentisques. Si on essaye de fouiller les choses, on creuse sa tombe. Chaque image nouvelle éclairant la précédente s'obscurcit à son tour et redevient une énigme qui appelle une nouvelle comparaison pour l'expliquer. Et ainsi de suite. Ne reste qu'une série de brèves révélations ; un collage d'images dépareillées sur du vide. On essaye de les relier par des flèches, de les grouper par thèmes ; quelquefois on entrevoit confusément des liens — comme si certains événements avaient une forme, une couleur, une résonance qui en rappelaient d'autres —, mais ça n'arrangeait rien. Il faudrait peut-être plus d'espace et un peu de recul.

Il me faut un bureau spécial. Pour travailler debout, avec un système de plateau réglable. J'avais remarqué un bureau semblable — encore que je ne sois pas sûr qu'il soit réglable — dans la chambre de Victor Hugo, place des Vosges. Ce n'était pas vraiment sa chambre de la place des Vosges, mais une reconstitution de celle de son dernier appartement avenue d'Eylau. Un lit à baldaquin dans le fond très petit. On a du mal à imaginer Victor et Juliette en train de lire chacun un morceau du *Constitutionnel Soir* au plume, sachant que les journaux de l'époque avaient la taille d'une petite affiche. Ce lit nous diminue le grand homme. On se demande combien mesurait Juliette Drouet ; on trouve ce vers qui donne une indication : *Mon bras pressait ta taille frêle.*

L'ensemble est funèbre : loupiote rouge, papier peint à ramages inutiles, et notre fameux bureau dans un angle sombre. Conçu pour écrire debout, fait de deux tables superposées par l'auteur lui-même explique le catalogue, on se demande comment on écrit là-dessus les 12 000 pages des différentes versions de *L'homme qui rit* — et même si une autre table est certainement consacrée, dans une autre pièce, à la correspondance avec Maxime ou Louis-Philippe, on se demande comment on case les 24 plans successifs de *Ruy Blas* sur un espace si réduit, comment on dispose les états des brouillons, les passages recopiés des livres, les notes des carnets, les esquisses, les repentirs inclassables, les ajouts oubliés — avec le risque permanent de renverser l'encrier. Victor, à table ! Mais Victor, ça fait six fois que je vous appelle ! Et paf, l'encre noire s'écoule lentement sur le manuscrit des *Contemplations*.

Installer la chambre qu'il habitera plus tard dans la chambre qu'il habitait avant est étrange. Bizarre idée. On peut essayer chez soi d'installer successivement les chambres qu'on habitera dans le futur, mais il faut être mort pour ça. Il faut que quelqu'un le fasse pour vous, un conservateur qui hérite des meubles disparates de vos vies successives et les assemble, et qui, pensant connaître vos goûts et pour sans doute laisser sa patte, dispose négligemment un bouquet de violettes sur la table de nuit. Leur odeur me poursuivait en m'enfonçant dans le merveilleux passage que forme la rue dans l'angle du cloître de la place carrée où un roi perdit un œil.

8.

Qu'est-ce qui s'est passé ? Quand même, assis au bord du lit, je me demande. Qu'est-ce qui a bien pu se passer ? À quoi ressemble ce qui m'arrive ? C'est vrai qu'une belle comparaison donne l'impression de décoller quelques secondes de la route. De faire voler un engin. De passer dans l'air quelques instants. Ça nous sauve ; crac, une petite fille fait une roue impeccable au milieu d'une prairie ; et hop — disparaît dans les herbes. Avalée dans les coquelicots. Quand il n'y a plus de comparaisons possibles, c'est terrible, les choses vous arrivent vraiment. Vous êtes synchrone de tout ce qui se passe. Sans issue ; votre corps épouse exactement les roues dentées du temps qui passe. Vous avez perdu la *distraction*, c'est horrible. Il n'y a aucun délai entre les choses et vous ; entre les choses et les choses ; entre vous et vous. Il n'y a que dans les dessins animés où l'on peut voir un être courir dans le vide avant de tomber de la falaise. Et se relever indemne illico. Mais c'est de *moi* qu'il s'agit, je réalise — il n'y a plus de personnage. Plus de dehors. Je suis dans moi jusqu'au cou. Un cauchemar fabriqué par son propre corps. L'enfer, c'est moi. Ça me donne envie de hurler. Les questions sont dures comme du bois. Je suis nu ; ça fait mal.

J'ai au-dessus de mon lit un grand tirage encadré d'une célèbre photo de cendrier rempli de mégots — pour la plupart des *Chesterfields*, avec un liseré bleu du nom de la marque en italique anglaise. Le même photographe a posé tête-bêche deux feuilles de ginkgo Biloba, l'une jaune chanterelle, l'autre vert poireau — ça serait plus encourageant comme blason. Ce serait mieux aussi, dans ce même lit, d'entendre une autre voix que la... sienne. Un dieu sympathique vous donne des ordres ; un ami disparu télégraphie des nouvelles ; un visage inconnu, mélange de plusieurs déjà connus, s'agite dans un rêve. Ce serait mieux d'entendre ça.

Qu'est-ce qui s'est passé ? On peut se reposer la même question, *qu'est-ce qui s'est passé,* en boucle, assis au bord du lit chaque matin, les yeux dans le vide, le ventre noué. On enlève posément une à une les peaux que vous aviez enroulées autour de vous chaque nuit — un pharaon prépare ses bandelettes tout seul avant d'entrer dans son sarcophage. Et ça crie.

Il doit bien y avoir un algorithme de vie pour moi. Il y en a pour tout. S'il y en a pour changer de lycée, reconstruire une ruche, remonter le niveau des eaux, contrôler les entrées d'un parc d'attractions, il devrait bien en exister un pour moi. Si on rentre les bonnes données. Et pour ça il faut la bonne personne. On calcule bien le rapport de maladie, âge, risques, financement, retour invest/labo pour savoir si on opère ou pas. C'est ça le problème. Ne pas savoir ni quoi ni qui. Ni pourquoi ni comment on est le plus mal possible. On peut établir des comparaisons pour mesurer sa chute. On se met soi-même en observation. *Le professeur Machin va passer.* Eh bien, mon cher ami, ce n'est pas merveilleux merveilleux, tapotant le dossier médical accroché en bout de lit. Mais je ne connais pas cette maladie. Ah, désolé. Faut faire des tests. Parfait. Allons-y. Si je trouve l'origine de cette maladie, *je lui donnerai votre nom*. Mais si. C'est une gloire méritée. Ne soyez pas modeste.

Vous savez, si j'entends des voix, ce n'est pas si mal, je lui réponds, on n'est plus tout seul. Ça discute — il faut aussi rassurer les médecins — ça va beaucoup mieux. C'est un premier pas vers la joie. Regardons les courbes. Regardons ça.

On dit souvent, aux gens très angoissés, vous devriez aller voir quelqu'un. Est-ce que ça veut dire littéralement *voir* quelqu'un au milieu de ce maelström. Mettre de temps en temps un visage à ce qui arrive. Ce serait rassurant.

9.

Je vais préparer une conférence qui va prouver que je suis en bonne santé. Je vais m'en *sortir*. Sur un sujet général. Sur le principe suivant : on pourrait fonder une nouvelle religion basée sur l'idée lumineuse qu'il s'agit tout simplement de fragmenter Dieu. Lui infliger le big bang qu'il a fait subir à l'univers. Le disséminer et accepter l'idée qu'il grandirait pour l'éternité, dirais-je en introduction. Ce serait plus excitant d'adorer un principe en expansion infinie qu'un type à barbe blanche entouré d'anges à trompettes dans un ciel azur. On aurait des petits dieux partout, nichés dans les moindres détails. Des dieux domestiques planqués dans les pots de fleurs, sous le carrelage, dans cette bûche de bois.

C'est le bon moment de la conférence. On voit des sourires se dessiner dans le public et une houle de chaleur revenir vers moi.

On boira un verre d'eau en faisant un clin d'œil au dieu des fontaines, on sanglotera à la disparition de X tout en saluant le petit dieu des larmes. On mettra des graines sur le rebord de la fenêtre en invoquant le dieu des moineaux. Mais comme on a posé un microscope sur tout, on sera obligé de plonger plus profond dans les choses. On ne pourra plus arrêter son regard à cette table ; on va découvrir les atomes qui lui donnent la force d'apparaître distincte de la main qui s'appuie sur elle. On finira par faire un culte aux neutrons après avoir adoré les fleurs. Il est certain, si on part dans l'autre sens, qu'apercevoir la terre lointaine par un hublot en se réveillant, à la place du clocher du village, change les perspectives de pas mal de gens. Certains terminent au Carmel.

Loin de moi l'idée de critiquer les religions.

Applaudissements.

Là je montrerai des documents avec mon épiscope et je me servirai de la petite lampe qui projette des flèches de couleur sur des images.

Je décrirai longuement cette révélation et ses conséquences. Et surtout le programme des journées des nouveaux adeptes dans cette splendide abbaye à ciel ouvert dont l'objectif prévu au départ de soigner les corps, chers amis, a été largement dépassé — puisque nous en sommes à réformer l'esprit. Si on a mal aux dents, on est moins enclin à réfléchir à la métaphysique.

Tout le monde acquiesce.

Ça passe très bien.

On ne le fera pas, je poursuis. On ne va quand même pas fonder une religion à cause d'une idée passagère.

Les gens ont l'air assez contents. J'ai peut-être un débit trop rapide. J'essaye de corriger ce défaut en articulant le mieux possible et en enlevant le plus d'images. J'ai tendance à ajouter des comparaisons. C'est pour la bonne cause, pour mieux expliquer — et adapter mon raisonnement aux différents langages des différents corps de métier. Le défaut de cette méthode généreuse est que vous risquez de vous adresser intensément à un petit groupe de personnes, avec le deuxième risque, si vous exagérez, de décevoir et de perdre une grande partie de ce même petit groupe — puisque chacun est toujours au moins expert à sa manière en quelque chose et finit par penser qu'il est le seul autorisé ; plus vous entrez dans les détails, plus vous attaquez le monde de chacun.

Pour ne pas laisser l'auditoire sur une note pessimiste, j'attaquerai une deuxième partie de ma conférence sur l'idée qu'il suffit de glisser dans sa poche un écouteur — et que, presque toujours, on le retrouvera emmêlé. Ça fait toujours redescendre les gens sur terre, ce type d'idée. Quelle détente — et pour le conférencier aussi. Et, tout en dessinant au tableau, je poursuis avec une voix plus basse : abandonné quelques instants, on le ressort enroulé sévèrement. On dirait un serpent avec ses nœuds complexes. On n'a rien fait, personne n'y a touché. L'araignée de plastique a fabriqué sa toile toute seule. Malveillance des choses ? Il en faut un peu quand même pour fabriquer en secret des nœuds aussi invraisemblables de griffe ou d'écoute double qui se serrent en pelote immédiate. Comment une chose pareille peut se produire à l'intérieur d'une poche sans intervention extérieure ? C'est peut-être une indication : la nature est un nœud.

Merci de nous le dire.

Le monde entier est en forme de corde, et le devenir d'une corde, c'est de se nouer. C.Q.F.D.

Et là, j'élargirai en changeant encore un peu de voix.

Je ferai un coq-à-l'âne saisissant.

Je rappellerai que ces écouteurs permettent d'écouter de la musique, mais surtout de s'éloigner un peu des ondes soi-disant malfaisantes.

C'est quand même assez bizarre, ajouterai-je, qu'après des décennies passées à s'approcher de plus en plus des sons on cherche à s'en protéger. Une longue série de gens a pourtant travaillé dur pour améliorer les transmissions. On dit que les objets techniques sont un concentré de gestes humains, en voilà la preuve : une infinité de petits gestes amoureux. On voulait pourtant aider ces groupes humains pendus à ce truc en bakélite noire à déchiffrer les phrases venues de loin. Toutes ces familles en grappes, éplorées, recueillant les voix aimées à travers les battements irréguliers de l'électricité sur une plaque de métal : mariage de X ! disparition de Z ! naissance de Y ! Troupe anxieuse, massée autour de l'appareil posé sur une étagère dans l'angle de la salle à manger froide — devenue cabine publique pour la circonstance.

Applaudissements.

On passe du cuivre au carbone, du cadmium au titane, on numérise, on déploie des fibres. On voulait donner un coup de pouce à l'adolescent tirant le fil au maximum pour téléphoner du placard à sa bien-aimée secrète ; on voulait améliorer la voix de la grand-mère d'un futur narrateur, transmettre la position d'un espion perdu dans la neige. On rêvait d'envoyer ses battements de cœurs par les ondes. On voulait ardemment entendre la respiration de l'autre, et maintenant voilà qu'on veut y échapper. Mes atomes sont troués de vide — je suis dans le noir. Repartons dans l'autre sens. On tendra un fil par deux boîtes de conserve pour se parler de chambre à chambre, on construira des cryptes romanes où il suffit de chuchoter d'un côté face au mur pour se faire entendre.

10.

On devait me faire une piqûre dans l'œil. On est *suivi*. Le médecin essaya de me détendre en me disant que ça ne faisait pas mal — la piqûre, puisqu'on anesthésiait l'œil. Quand même... une piqûre dans l'œil, je lui dis, c'est un, comment dirais-je, un maximum de — je bégaye de peur. Pour me rassurer, il ajoute avec un petit rire : C'est comme dans *Orange mécanique*, le coup de la pince, ça tient l'œil solidement ouvert. Ça m'a fait rire aussi, ce n'est pas une mauvaise méthode de faire la pire comparaison, ça détend. Rassurant par excès. Pourquoi pas ? C'est une technique.

Une piqûre à mille dollars.

D'ailleurs, pour ne pas être en reste, je lui dis que pour un ex-photographe, aveugle, c'était jouer de malchance. *Histoire de l'œil*, c'est pas un titre très gai à donner à un morceau de vie.

On rigole ; et crac, il pique.

Sans elle, vous auriez perdu la vue.

Avec ce produit, les perspectives changent. Disons que ça donnait beaucoup plus de présence aux plans rapprochés — ils brillent ; on pouvait détailler des cheveux et rentrer dans la trame d'un tissu. À l'inverse, le fond semble tout plat. C'est la même impression si on regarde des photos de verre en relief dans une machine : un premier plan plus vrai que nature — c'est fou, tellement c'est vrai ; le fond ressemble à un décor peint ; il fait gris, il y a un fjord en perspective qui scintille, ça sent le carton-pâte — ça sent la neige et les larmes.

Je vois trouble. Je dors beaucoup. La nuit se forme, à force de cauchemars, de tourments, de surgissements d'images de scènes affreuses — se forme une sorte de marais, un espace de jeu aux règles inconnues, mais dont le principe essentiel reste la répétition, la terrible répétition.

On ne va pas parler de mon corps ici.

Je voudrais revenir et refaire cette conférence avec des arguments très différents. Si, un matin, vous tombez sur la messe à la radio — si vous avez eu la chance de vivre dans une ville avec pas ou peu de voitures, et que vous avez donc expérimenté le son spécial des places quasi désertes —, vous ne serez pas surpris d'entendre ces voix funèbres sortir des ondes.

Je commencerais comme ça.

Pour les gens qui connaissent ce son si spécial des places — et même si c'est plus souvent le bonheur qu'on y entend, cris d'enfants, ballon sur la façade d'un palais désaffecté, grincements d'un diable à roulette, et l'inévitable envol des colombes —, la radio dans l'étagère de la cuisine ne risque pas de se transformer en petite cathédrale. Cet écho leur semble normal. Ça nous fait rentrer de force nos vies dans un Giotto, on voit tout avec des flèches d'or.

Mais le temps avançant, l'écart se creuse, et peu de personnes, sauf fortunées, ont accès aux choses anciennes ouvertes. Il faudrait demander ça aux conservateurs : de nous rouvrir les endroits. Les ruines de Volublilis ne servent plus à pique-niquer. On n'emmène plus ses chèvres dans le Colisée. Les abbayes sont devenues des fondations. Ceux qui ont réhabilité les anciens lieux de pauvreté sans y toucher peuvent comprendre. Une famille du textile rachète une abbaye et installe de grands canapés dans un angle du cloître et peut paisiblement assister chaque nuit au concert naturel que donne le jet cristallin de la fontaine centrale. Très peu de gens appartenant au groupe d'amis auraient le temps et même l'idée d'arrêter de parler pour écouter en silence ce concert naturel. Seul un cousin éloigné invité par erreur, un parent pauvre, un enfant légèrement déséquilibré, un artiste en herbe, pourra profiter de la beauté du truc. Bref, si on n'est pas du XVe siècle ou le cousin *problématique* d'un milliardaire, on ne pourra pas comprendre ce qui se passe à l'intérieur d'une église.

Ah bon ?

C'est très embêtant.

Je ne suis pas hostile à cette idée.

La lutte des classes, ça se voit dans les détails.

Les questions pleuvent.

J'y réponds avec facilité et courtoisie.

Mais je pourrais argumenter autrement, si on faisait un traité du bonheur, il se ferait par la technique, j'insiste, le pépiement digital des oiseaux, je l'ai à volonté. Je suis aux commandes, j'ai des prothèses en prolongement. Je m'habitue aux légers tremblements des engins, à la place d'une main j'ai une pince en forme de main dont les vibrations infimes rappellent que c'est un Caterpillar en réduction — et qu'avec elle je peux faire un trou dans la terre sans m'arracher les ongles.

Ah, tout le monde discute.

Quel succès.

Le virtuel, c'est démocratique.

Un ordinateur, ça coûte moins cher qu'une abbaye.

Vous avez raison.

Mais quelque chose me déplaît dans tout ce que vous dites.

Quoi ?

Qu'est-ce que vous en savez de tout ça ? Vous avez l'air d'avoir envie de disserter sur tout et n'importe quoi. Et la vie là-dedans ? *La vie*, me demande d'un ton sec une femme aux cheveux bouclés si régulièrement qu'on pouvait l'imaginer en bigoudis.

Accompagnée d'un chien énorme à long poil.

Qui halète.

Les chiens sont admis dans les conférences maintenant ?

Terminé les conférences.
D'ailleurs, je vais ranger mes affaires.
Et encoder tout pour que l'on ne puisse pas me lire :

• Certains messages système signalent une action (typiquement la commande «/me») à l'aide de l'astérisque : ***Pierre frappe Paul avec une grande truite.

• Un astérisque en début ou en fin de message signale une correction d'un mot mal orthographié ou absent : <Paul> Tu n'as rien de ùieux à faire? <Paul> *mieux

• Les onomatopées sont parfois encadrées d'astérisques : <Pierre> Non ^ ^ *Slap*.

11.

Heureusement j'ai des amis.

Marguerite Duras habite l'hôtel — on dit *l'hôtel* — avec tous ces gens, la sœur aînée de Thomas Mann.

Elle s'était mariée brièvement à Kafka.

À Kafka ? C'est impossible.

Il y a un monsieur très spécial à la 422, Monsieur Bataille, il a la peau très douce.

Je lui fais des bains d'algues.

137 ans bien tassés.

Vous connaissez le soin ?

Ils ont transformé cet endroit charmant en sana, faut le faire. Vous me direz, Proust y venait chaque été. Fallait voir les fumigations, la poudre partout. C'était déjà un sana — plus vraiment un hôtel, relisez les descriptions de salles de bains, avec 56 serviettes, de la flotte partout, des femmes de ménage nurses.

On fait caca debout.

Le pauvre.

Ah, c'est une déchéance.

On va pas tenir longtemps.

Samuel B., un patient très calme, 189 ans en novembre dernier.

Quoi, Beckett ?

On fait très attention à la bactérie coliforme.

Et la Marguerite, en forme ?

Elle regarde la mer au télescope, elle a 120 ans demain.

12.

Marguerite ?
Tu dors ?
Oui, je dors.
Tu dooooors ?

On n'a pas le droit d'aller dans le couloir des femmes.
Si on se fait choper, ça dérouille.
On verse de l'eau froide sur les camisoles.
Et on laisse sécher.
C'est un vieux truc de HP redevenu à la mode.
Et comme la camisole est pas en soie.
Ça serre.
En vieillissant, les choses ne s'arrangent pas.

Mon journal, ils l'ont mis à la *déchetterie*. Ben tiens. C'était mangé *aux* souris — d'après les *filleules*. On était obligées de nettoyer. Je suis un placard. Le bois est pourri.

Mange tes médicaments.

13.

La directrice du sana prépare le déjeuner des donatrices. Un déjeuner *gratin*. Du meilleur monde, ces donatrices. On se croirait dans une pièce de théâtre — le lac en contrebas, couleur gris fusil, les couleurs orange ; le vert fluo des fougères autour du chalet dans l'ombre. Les choses sont disposées aussi impeccablement que dans un tableau.

Le déjeuner de l'Institution.

On manquerait pas ça pour un empire.

Et qui sera *à la droite* de notre bien-aimée bienfaitrice ?

On dirait une cour. Avec des nains et des marquises. J'ai déjà vu ça. Tout est déjà vu ; et c'est beau. Tout le monde tourbillonne ; écrasé de couleur, bruissement de robes, torsion des étoffes. On comprend que les gens aient eu envie de peindre la réalité avec des taches et des aplats fuyants.

Il y a un menu spécial.

Des filets de perche du lac, c'est inévitable, mais avec une sauce à l'orange bien arrangée. On ne peut pas dire que les gens parlent beaucoup ensemble. On applique à la lettre la coutume anglaise de changer d'interlocuteur à chaque nouveau plat. Il ne faut pas se tromper entre gauche et droite ; vous risqueriez de parler à un dos — et d'offrir le vôtre à votre voisine pendant les longues minutes nécessaires à l'absorption d'une cuisse de biche saignante aux airelles.

C'est le déjeuner de chasse. Sanglier en entrée ; bécasses melba ; pâté de daim aux trompettes de la mort. On coupe de grandes tranches, les morceaux entiers d'animaux font des dessins — qu'envieraient les plus belles tables de marbre.

C'est exaltant ce décorum.

Le dress code est *chasse.*

Bravo à la costumière.

Fallait penser à mélanger un côté vénerie *Île-de-France* : tenues rouges, meute et ses piqueux, petite escouade en rouge et noir ; hennissements ; verre de porto, crac, avant de monter à cheval — à un aspect Kenya, neiges du Kilimandjaro, jeep léopard, etc.

Je trouve un peu excessifs les chapeaux à plume, mais bon. Elles ont du chien comme ça. Et le monde entier s'articule autour d'elles.

Le mal est un attelage.

Le maître et ses prothèses ; extraordinaire machine. Tout doit être bien huilé pour partir en guerre. Un aréopage danse autour d'elles. La foule s'écarte en vagues à leur passage.

Vont-elles soigner les gens en imposant les mains ?

De qui suis-je le serviteur ?

Il faudra y penser.

Tout ce protocole et l'éternité du repas permettent de penser à autre chose et de se concentrer sur de futurs projets. *Et c'est le moment d'exprimer ses désirs*. Bien sûr, ce qui est le plus soutenu — il y a un système de vote, comme dans toute commission d'attribution des prix sérieuse, avec des boules blanches et des noires, le plus soutenu c'est ce qui est le plus *créatif*. Surtout les collaborations — cette *pluridisciplinarité est merveilleuse*. Mon voisin du dessous improvise sur le violon des ballades atonales splendides. Je pourrais faire des chansons. On va s'arranger. On aura l'argent. Tout ce qui donne au pensionnaire les moyens de se resocialiser et d'échanger intensément quel que soit son état est recommandé. Il faut les faire *écrire* à tout prix. C'est une thérapie, absolument. La créativité, ça muscle l'hippocampe. Le muscle qui retient les souvenirs, c'est ça. Pour ne rien perdre, il faut tout écrire. Tout le monde écoute attentivement. C'est très bien expliqué maintenant. On trinque à la science ; il y a des cocktails de fruit avec de la fleur d'oranger — et certainement de l'alcool.

Aussi triste que de perdre des choses, pensais-je pendant ce repas interminable — aussi triste, ce serait de les retrouver éternellement semblables au milieu d'une ville changeante. Si vous avez trouvé une petite bible défraîchie abandonnée dans un creux de rocher de Central Park, la cachette sera là pour toujours. Et vous aurez l'air fin, assis sur ce monticule à regarder ce trou vide quelques décennies plus tard. On risque de vous prendre pour un renard nostalgique contemplant son ancienne demeure.

Même les gens perdus ont des idées.

C'est l'automne en accéléré.

Que faire ?

Appliquons le programme de mon copain Fustel : *Si tu veux revivre une époque, oublie que tu sais ce qui s'est passé après elle.* J'avais gardé cette sentence en tête sans vraiment comprendre. Très en avance pour son âge, le Fustel. On a quelquefois la chance d'être semé radicalement par des gens de passage. Oublie… que tu sais ce qui s'est passé… après elle. Ça a l'air facile comme ça. Essayez de le faire vraiment. C'est coton. Ah, ce Fustel, quel sens de la formule. M'avait dit ça sur le chemin de retour du lycée, rue d'Amsterdam, roux, grand, impavide, ce Fustel — et surtout grand, j'avais l'impression de trottiner pendant qu'il avançait d'un pas. Et de toujours poser des questions inappropriées. Si on allait à l'Académie de billard ? Pas question. Trop de dorures, et puis des types louches, ambiance gang des postiches, buvant du Martini bianco, on aurait dit un bordel, pas le genre de Fustel.

Fustel *de* quelque chose, on disait juste *Fustel.* Bref, on en était à se demander le sens de cette phrase. Des années après. Ce n'est pas facile d'oublier tout ce qu'on sait qui s'est passé après *maintenant.* Quel travail ! Il faut mettre du noir à la place pour supprimer ce qui s'est passé, il faut enlever le demain de ce qui s'est passé. Ça va faire du vide devant. Oublie... que tu sais ce qui s'est passé... après elle. Ça demande une vue cavalière sur tout *en même temps* et une capacité à faire disparaître les choses en un clin d'œil au moment où elles apparaissent. Un peu comme dans ces jeux où l'on doit dessouder la terre entière qui surgit des fenêtres, du toit, ou d'une plaque d'égout.

Une vague noire remonte les années à l'envers, écrasant les voitures, les frigidaires, tordant le béton armé, broyant les êtres. Que va-t-il se passer en janvier 1901 ? se demanda Fritz ou Benjamin. Ça va être la guerre ? s'écrie Dorothea. Où iras-tu ? implore Frantz. Rien devant, c'est délicat, silence intersidéral, pas d'Armistice, de Front populaire, pas de robot-marie, pas d'Abstraction libre, il ne s'est encore rien passé, c'est noir, noir de chez noir, en voilà une forêt noire dehors, c'est froid les gars.

Table